시간의 두께

시간의 두께

초판 1쇄 인쇄 · 2020년 6월 20일
초판 1쇄 발행 · 2020년 6월 25일

지은이 · 조창환
펴낸이 · 김화정
펴낸곳 · 푸른생각

편집 · 지순이 | 교정 · 김수란 | 마케팅 · 한정규
등록 · 제310−2004−00019호
주소 · 서울시 마포구 토정로 222 한국출판콘텐츠 402호
대표전화 · 02) 2268−8707
이메일 · prun21c@hanmail.net / prunsasang@naver.com
홈페이지 · http://www.prun21c.com

ISBN 978−89−91918−84−9   03810
값 15,900원

이 도서는 한국출판문화산업진흥원의 '2020년 우수출판콘텐츠 제작 지원' 사업 선정
작입니다.

푸른산문선 1

시간의 두께

조창환 산문집

이 책은 지난 10여 년간 여러 잡지나 문학 행사에 기고한 산문들을 모은 것이다. 대학에서 정년을 맞이한 후 본격적인 학술 논문에는 손 대지 않았고, 대신 편히 읽을 만한 에세이를 쓰는 일에 관심을 가졌 다. 시인으로서 시 쓰는 일이 주업이라면, 산문 쓰는 일은 부업에 해 당한다는 생각을 가졌다. 에세이는 시보다 더 솔직하고 편안하고 전 달력이 강하며 그만큼 호소력이 있다.

제1부의 글들은 주로 『참 소중한 당신』 『야곱의 우물』 등 가톨릭 관 계 잡지에 연재했던 짧은 에세이들이다. 삶의 여러 현장에서 만나게 되는 단편적 인상에서 존재의 비밀을 찾아 음미해보는 글이어서 나 름대로 의미 있는 읽을거리라 할 수 있다. 영혼의 울림과 존재의 신 비를 탐색하며 비움과 맑음과 양심의 소리에 귀 기울이는 것은 귀하

고 소중한 시간이다. 문학적 수사에 치중하기보다는 주제를 진지하고 평이하게 전달하기 위해 힘썼다.

제2부의 글들은 각종 문예지나 문학 행사에서 발표하였던 것으로 한국 현대시에 대한 필자의 소신을 밝힌 글들이다. 시와 교양의 정신, 한국 시와 생명 사상, 한국 시와 이웃 장르의 만남 등에 관한 생각을 엿볼 수 있다. 시와 음악에 관한 접합 문제, 디지털 시대의 문학적 대응에 관한 글도 보태었다. 진지하고 정직한 자세로 현실과 사물을 한 걸음 비켜서 바라보는 고독한 초월의 자세가 시인의 자세라야 한다는 생각, 폭넓고 깊이 있는 문화적 교양의 필요성이 오늘의 우리 시단에 꼭 필요한 덕목이라는 생각을 피력한 글들이다.

제3부의 글은 나의 문학과 인생에 관한 회고담이다. 그간 몇 군데 문예지에서 작가 특집을 엮으면서 이런 유형의 글을 요청하여 쓴 것인데, 버리기 아까워 이 책의 말미에 포함시키기로 하였다. 개인적이

6

고 사적인 글이어서 읽는 이의 눈만 어지럽힐까 염려되기도 하지만, 이 기회에 정리해두는 것도 필요할 것 같아 용기를 내었다.

모아놓고 보니 책의 주제가 집중되지 않고 다소 어수선한 감이 있기는 하다. 그러나 이것도 나의 솔직한 정신적 편력이니 너그러이 읽어주시기를 청한다.

2020년 6월
조창환

차례

책머리에 ● 5

1   존재의 향기

시간의 두께 ● 13

존재의 향기 ● 16

영적 존재 ● 20

밝은 집과 어두운 집 ● 25

파도와 바람과 새 ● 28

맑음에 이르는 길 ● 33

비자림에서 ● 36

수평선 앞에서 ● 39

비움의 아름다움 ● 42

희망, 눈앞에 있어도…… ● 45

바다와 새 ● 48

아름다운 육체 ● 56

고요를 그리며 ● 59

가난에 대하여 ● 62

꽃구경 생각 • 65

아름다운 벗 선우경식 • 68

기적에 대하여 • 73

기쁨의 깊이 • 76

무서운 세상 • 79

양심의 울림 • 82

수치와 염치와 예의 • 85

사람에게 비는 하느님 • 88

품격에 관하여 • 91

생명과 죽음 사이에서 • 95

조선 백자 달항아리 같았던 분 • 98

2 시와 교양의 정신

시와 교양의 정신 • 103

시와 초월에 대한 감수성 • 108

한국 시에 바란다 • 111

한국 시와 생명 사상 • 114

전통 미학과 오늘의 우리 시 • 122

시와 이웃 장르와의 만남 • 128

시의 음악적 표현 • 145

천상적 세계에 대한 허기 • 152

음악의 속살까지 음미한 시인 • 159

시집 『파랑눈썹』과 음악 시편들 • 170

디지털 시대의 문학적 대응 • 184

시 문장의 바른 표기에 관하여 • 199

발견에서 창조까지 • 203

3 나의 문학, 나의 인생

어느 유미주의자의 초상 • 223

1

존재의 향기

시간의 두께

인간은 시간 속에서 산다. 시간은 우리를 존재하게 하는 조건이며 운명이다. 인간이 부여받은 시간의 길이는 마음대로 늘리거나 줄일 수 없지만 삶을 영위하는 방식에 따라 시간의 두께는 얼마든지 두텁게도 얇게도 만들 수 있다. 밖에서 본 한 사람의 일생은 단순히 물리적인 시간을 얼마나 소모하였는가에 대해 알 수 있을 따름이지만, 그 시간이 얼마나 가치 있고 아름답고 보람 있었느냐에 대해 알아보려면 그의 내면을 들여다보아야 한다. 두텁고 진하고 밀도가 단단한 시간을 만들어가는 삶을 산 사람은 후회 없이 죽을 수 있을 것이다.

아름다운 시간을 많이 가지도록 노력해야 한다. 시간의 아름다움은 그것을 사용하는 주체가 만들어가는 것이다. 야생화 잔잔히 피어 있는 호숫가 언덕에 앉아 평화와 자유를 누리는 시간, 수정같이 맑고 유리알처럼 깨끗한 가을 하늘에 등불처럼 매달린 빨간 까치밥 몇 개를 보고 마음의 청결을 느끼는 고향마을의 어느 날, 사랑하는 사람을 만나기 위해 오랜 시간 기다려온 설렘과 인내가 마침내 이루어지는 시간, 아득한 수평선 앞에서 모래알보다도 작은 자신의 존재를 깨달으며 우주와 영원의 아득함을 느끼는 시간은 얼마나 아름다운가.

사랑하는 사람의 깊고 맑은 눈동자 속에 담긴 잔잔한 표정을 바라보는 시간은 황홀한 아름다움이 아니던가. 순수한 혼의 자유를 누리게 하는 바이올린의 선율에 사로잡힌 연주회는 현실을 초월한 아름다움의 시간이 아니던가. 고요히 물러나 기도하는 시간, 보이지 않는 큰 손이 내 어깨를 가만히 어루만지는 것을 느낄 때 실감하는 기쁨과 감사의 아름다움을 생각해보라. 큰 수술 끝나고 처음 흰죽 먹게 되었을 때 느껴지던 살아 있음의 고마움과 숨 쉬는 일의 새로움도 아름다움이요, 첫아들 낳고 작고 앙증맞은 손가락이 열 개인 것에 신기하여 새삼 생명의 신비를 실감하던 때도 아름다운 시간이다.

의미 있는 시간과 아름다운 시간이 겹쳐지면 보람 있는 시간이 된다. 나만의 이익을 위한 것이 아니라 공동의 이익을 위한 노동, 약하고 장애 있는 사람들을 보살피는 삶, 가난한 사람들 곁에서 그들의 아픔을 함께 나누며 돌보는 일 등은 나의 희생과 헌신으로 다른 사람의 삶을 향상시키는 보람 있는 일이다. 보람 있는 일을 하는 시간은 귀하고 소중한 것이다. 그것은 두텁고 밀도가 강한 시간이다.

　반성하고 되돌아보는 시간은 보람 있는 시간을 만드는 전제조건이다. 자신을 솔직히 돌아보고, 부끄러움과 아쉬움을 느끼고 잘못을 고쳐나가는 삶은 시간을 두텁게 만드는 삶이다. 매사를 남의 탓으로 돌리고, 환경과 상황이 나의 잘못을 만들었다고 변명하는 삶은 시간을 의미 없게 활용했다는 증표가 될 뿐이다.

존재의 향기

　　　　　　　　　　　사람이건 사물이건 세상에 존재하
는 것은 그 나름대로 빛깔과 향기와 울림을 가지고 있다. 새벽 바닷
가를 거닐면서 바라보는 수평선에는 알 수 없는 설렘이 있고, 저녁
산마루에 붉게 번져오는 노을에는 신비로운 휴식과 평화가 스며 있
다. 목련꽃 그늘에는 아련한 그리움이 자리 잡고, 라일락 향기에는
비밀스러운 사랑의 언어가 감추어져 있지 않은가. 봄 하늘에 솟구쳐
날아오르는 종달새 소리에는 생명의 약동이 터져나고, 날개를 넓게
펴고 창공에 멎어 있는 독수리의 모습에는 제어하기 어려운 위엄이
서려 있다.

　길지 않은 생의 틈바구니에서 이런 아름다운 순간들을 만날 수 있
다는 것이 축복받은 일이다. 아니, 진정 축복받은 일은 그런 아름다

운 순간들을 느낄 수 있는 인간으로 존재한다는 것이 아닐까. 자연이나 사물, 인간이나 사건을 아름답게 바라본다는 것은 바라보는 사람의 내면에 아름다움의 시선을 지니고 있다는 의미이고, 그런 시선을 지닌 인간으로 존재한다는 것이야말로 참으로 축복받은 일이라 할 것이다. 새벽 바다의 수평선이거나 산마루의 노을이거나 꽃과 새의 모습에서 그리움과 설렘과 생명의 신비를 느끼지 못하는 사람은 그런 사물을 단순한 돌멩이나 휴지 조각처럼 느낄 수도 있을 것이다.

　대상이 나의 내면과 관계를 맺지 못하는 상태라면 대상은 나에게 있어 무가치한 존재이고 죽어 있는 존재이다. 나의 내면에서 나를 흔들고 움직이는 관계를 맺는 존재일 때 그 대상은 가치 있고 살아 있는 존재가 된다. 눈에 보이거나 만질 수 있다든가 논증할 수 있기 때문에 대상이 나와 관계를 맺는 것이 아니라, 느낄 수 있기 때문에 대상은 나와 관계를 맺으며 존재한다. 느낄 수 있는 존재는 향기가 있다. 느낄 수 있는 존재는 울림과 떨림과 메아리를 지니고 있다. 누군가를 사랑하거나 그리워해본 사람은 안다. 그 사람이 눈에 보이거나 만져지기 때문이 아니라 나의 내면에서 나를 흔들어주는 향기와 울림과 떨림을 지니고 있기 때문에 사랑하고 그리워하게 된다는 것을. 눈에 보이지 않더라도 그 사람이 거기에 존재한다는 것을 축복과 신비로 받아들이는 사람에게만 사랑과 그리움은 실재하는 것이기 때문이다.

눈앞에 펼쳐진 막막한 바다에 아무것도 보이지 않는다고 해서 수평선 너머에도 아무것도 없다고 단언할 수 있은 것인가. 마마하게 비어 있는 바다를 바라보면서 아득한 수평선을 넘어 돛단배 한 척이 나타나기를 오래 기다리는 심정이 그리움이다. 그런 그리움의 감정으로 누군가를 기다려본 사람은 안다. 그리움이 간절해지면 단순했던 느낌이 확신이 되고, 확신은 실재가 된다는 것을. 그리하여 실재하는 확신은 내 존재에 의미를 부여하고 내 삶의 방향을 돌려놓기에 이른다. 그리움이란 대상의 존재와 나의 존재가 향기와 울림과 떨림으로 만나는 장소이며, 그 만남으로 인해 내 존재가 의미와 가치를 지니게 되는 일이다.

수평선 너머에서 돛단배 한 척이 나타나기를 기다리며 한없이 바라보는 바다와 같은 막막한 생의 한가운데 우리는 살고 있는 것이 아닐까. 그리움이 확신이 되고 확신이 실재가 될 때 홀연 수평선 저쪽에서 모습을 드러내는 배 한 척을 하늘나라에 비유할 수 있을 것이다. 약속도 없이 누군가를 마중 나가 덧없이 기다리던 시간을 생각해 보라. 마침내 기다리던 사람이 나타났을 때의 반가움과 기쁨, 놀라움과 설렘은 그 오랜 기다림의 고통을 한순간에 보상해주지 않던가.

그러나, 어떻게 수평선 너머에 돛단배가 있으리라고 확신할 수 있는가. 기다리던 사람이 오지 않는다면 기다림에 바친 시간과 공력이 모두 헛된 고통이 아닐 것인가. 기다림이 만남으로 바뀔 것이라는 확

존재의 향기

신이 없는 사람은 자기 삶을 그처럼 무모하고 헛된 노동에 내맡기지는 않을 것이다.

기다리는 사람과 기다리지 않는 사람의 차이는 존재의 향기, 존재의 메아리를 느끼는가, 느끼지 않는가의 차이에 달려 있다. 존재의 향기를 깊이 느끼는 사람일수록 존재의 실재가 더 확실해질 것이고, 존재와 일치했을 때의 환희가 더 강렬해질 것이다.

영적 존재

　　존재하는 사물에는 혼이 있다. 우주
는 영적 존재로 충만해 있다. 집에서 기르는 개나 오래 정든 소에게
혼이 있다는 것은 경험으로 아는 바와 같다. 개는 주인의 발소리만
들어도 미리 알아차리고 꼬리를 흔들고 도살장에 끌려가는 소는 외
양간을 나서면서 눈물을 흘린다. 어찌 인간과 교감하는 축생만 그러
하랴. 수만 리 떨어져 있는 제 고향을 찾아 기러기는 먼 길을 날아가
고, 연어 떼는 헤엄쳐 가지 않는가. 고래도 개미도 풍뎅이도 장구벌
레도 제 죽을 시각을 미리 알고 준비한다. 움직일 줄 아는 짐승이나
동물만 그런 것이 아니다. 나무도 풀도 바람도 흙도 영적 존재다. 나
무를 끌어안으면 나무가 우는 소리를 들을 수 있고, 꽃에 물을 주면
서 콧노래를 부르면 이뻐하는 주인을 알아본다. 풀에는 풀의 정령이

있어 제 동무들과 키를 나란히 하고, 흙에는 흙의 정령이 있어 당길 심이 있고, 바람에는 바람의 정령이 있어 노하고 산들거리고 잠자지 않는가.

자연에 정령이 깃들여 있다는 것은 오랜 경험으로 안다. 그러나 문명에 정령이 있다는 것을 생각하는 사람은 많지 않다. 책상에, 컴퓨터에, 볼펜에, 구두에, 자동차에 혼이 있다는 것을 사람들은 모른다. 아마 돈에도 정령이 있을 것이다. 로또 복권에도? 웃자고 하는 이야기가 아니다.

존재의 비밀을 이루는 이 영적 신비의 세계는 맑은 눈으로 사물의 내면을 들여다보고 사랑의 시선으로 어루만지는 사람에게만 그 속살을 드러내 보인다. 아름답지 않은가. 인간이 만들었다 부숴버리는 사물에 혼이 있어 영적 교감과 반응을 주고받는다는 일이. 우리가 사는 이 세계는 그처럼 신비롭고 아늑하고 따뜻한 곳이다. 아니 소름 끼치도록 무섭고 아찔한 곳이기도 하다.

어느 소설가의 에세이에서 목련나무를 지극히 아끼던 이모가 죽자 무성하던 그 집의 목련나무도 아닌 계절에 활짝 꽃을 피웠다가 갑자기 말라죽었다는 이야기를 읽은 적이 있다. 나무의 말없는 충성심 때문이라고 설명할 것인가? 아니다. 정 때문이다. 그 목련나무와 주인은 서로 정인(情人)의 관계로 맺어져 있었기 때문일 것이다. 깊이 사랑하면 목숨도 나눌 수 있다. 사람끼리만 그러한 것이 아니고, 사람

영적 존재

과 가축 사이에만 그러한 것이 아니고, 사람과 식물 사이에도 그러한 신비로운 세계가 있음을 생각해볼 일이다. 모질고도 아름다운 인연의 세계가 있기는 있다는 것을 느껴야 한다.

오늘날의 자동차는 한 세기 전의 말과 같다. 말은 타고 다니다 힘들어하면 쉬게 하고 물 먹이고 잠재우지 않았던가. 그런데 왜 현대인은 자동차를 기계로만 생각하는가. 아니 기계에도 혼이 있다는 것은 왜 생각지 않는가. 그러니 세상에는 주인을 비웃는 자동차들이 널려 있을밖에. 주인을 비웃는 문짝, 주인을 비웃는 구두가 있는가 하면 주인과 사랑을 나누는 컴퓨터와 볼펜과 넥타이가 있다.

시간이나 기억에도 혼이 있을까. 시간이나 기억에도 정이 있을까. 거기에도 교감과 업보와 애증이 있기는 있을 것이다. 시간이나 기억도 직선이나 평면이 아니라 입체나 그 이상의 차원으로 구성되어 있지 않을까 하는 생각을 한다. 존재가 불안한 것은 존재의 본질이 허무이기 때문이 아니라 존재의 본질에 영원이 깃들여 있기 때문이 아닐까. 기억이 사라지기 때문에 존재가 불안한 것이 아니라 기억이 썩지 않기 때문에 불안한 것이다. 시간이나 기억이 소멸하거나 사라지기 때문에 인간 존재를 불안하게 만드는 것이 아니라 영속하기 때문에 불안한 것이다. 이 흔들림과 떨림, 울림과 흐름을 잡아내는 영적 감성이 가능할 것인가. 이런 생각을 하면 아득한 불안에 사로잡힌다.

나는 존재 특히 생명 존재는 영속적인 것이라는 생각을 한다. 언젠가 땅속에 묻혀 있던 800년 묵은 연꽃 씨앗을 다시 심었더니 싹을 틔우고 꽃이 피었다는 신문기사를 읽은 적이 있다. 놀랍지 않은가. 800년 동안이나 잠자고 있던 연꽃 씨앗이 기지개 켜며 일어나 오래 참았던 숨 다시 쉬듯이 흰 연꽃을 피워 올렸다는 사실이. 이것은 단순한 생명의 신비에 그치지 않는다. 존재의 뒤편에 모질고 신비로운 인연의 끈이 감추어져 있다는 사실에 소름이 돋는다.

내 존재가 누군가에게 기쁨이 되고 위안이 되고 축복이 될 수 있을까. 지상에 누군가가 존재한다는 사실만으로 마음에 평화를 얻는 경우가 있다. 반면 누군가가 존재한다는 사실을 생각만 하여도 마음이 불편해지는 경우도 있다. 대화를 나누거나 표정을 읽기도 전에 상대방의 내면을 느끼는 수가 있지 않은가. 사람 사이의 기억이 생명을 지녀 살아 움직이기 때문이다. 그러니 삼가 근신할 뿐 아니라 눈에 보이는 모든 것, 귀에 들리는 모든 것, 향기와 감촉을 주고받는 모든 존재를 조심스럽게 사랑하고 경외하고 받들 일이다.

이즈음은 시 쓰는 일에서도 얼마만큼의 자유를 누리고 싶다는 생각을 하고 있다. 철학적 사색의 흔적을 애써 보이려 한다든지 언어의 미학을 형상화하는 일에 지나치게 얽어 매이고 싶지 않다. 시를 만든다는 핑계로 무언가를 의도적으로 상징화하려 든다든지 뒤집어 말한다든지 하는 일이 모두 부질없다는 생각이 든다. 마음을 편하게 풀어 헤치고 넓고 깊고 아득하고 오묘한 영의 세계에 깃털처럼 보잘것없는 내 존재를 놓아두고 싶다. 부드럽고 연하고 평화롭고 물렁물렁하게 살고 싶다. 이것도 일종의 몰입이라면 몰입일 것인데 나는 이 몰입에서 자유와 해방을 얻고 싶은 것이다.

존재의 향기

밝은 집과 어두운 집

　　　　　　　　　　　　　　　　　　바다가 보이는 집에서 글 쓰며 지내
고 싶다는 오랜 소망 때문에 며칠 동해안 쪽의 집 구경을 다녔다. 서
울에서 너무 먼 곳은 아무래도 불편하니 거리도 생각해야 되고, 문
잠가놓고 비워놓는 시간도 많을 테니 적당한 위치의 조그만 아파트
가 좋겠다는 생각으로 구경 삼아 돌아다녀보았다. 기가 막히게 좋은
자리라고 생각되는 곳은 이미 호텔이나 콘도미니엄, 혹은 민박집이
나 펜션이 자리를 차지하고 있고, 상가 지역은 너무 비싸고, 작은 어
촌이래도 한복판은 너무 번잡하고…… 게다가 낡은 집들뿐이었다.

　부동산 투기를 목적으로 하는 것이 아니니 집을 살 필요도 없었다.
비용 적게 들이면서 입맛에 맞는 집을 구하기란 아예 글렀다고 포기
하고 돌아오려는 때, 마침 내가 원하는 적당한 집이 있다는 소개업자

의 말을 듣고 마지막으로 두 군데 집을 둘러보았다. 첫 번째 것은 바다가 정면으로 내려다보이는 썩 잘 지은 집인데 파격적으로 쌌다. 두 번째 것은 바다와는 조금 떨어진 위치의 작은 집이었다. 위치나 비용을 고려하면 당연히 첫 번째 집이 좋겠지만 어쩐지 내키지 않아 나는 두 번째 집을 선택했다.

첫 번째 집은 어둡고 두 번째 집은 밝았기 때문이었다. 넓고 편하지만 어두운 집과 좁고 불편하지만 밝은 집 가운데 굳이 밝은 집을 선택하는 심리는 무엇일까. 아마도 빛과 그늘을 대하는 마음의 자세 때문일 것이다. 빛을 많이 지니고 살고 싶고 빛 속에 지내고 싶은 마음은 그늘이나 어둠을 피하고 싶은 심리와 통한다. 사람들은 빛의 밝음과 따뜻함을 누리고 싶다는 생각에 집을 남향으로 짓지 않는가. 조상의 무덤까지도 햇빛 잘 드는 곳에 모시는 우리네 심성은 죽은 혼백까지도 빛을 누리게 하려는 마음에 바탕을 둔 것이다.

환하고 따뜻한 빛 속에 사는 사람은 환하고 따뜻한 마음을 가질 것이고 어둡고 침침한 그늘에 사는 사람은 어둡고 침침한 마음을 가질 것 같다. 햇빛 잘 드는 곳에서 자라는 식물은 줄기가 튼실하고 열매도 달다. 반면에 햇빛 안 드는 그늘에서 자란 식물은 줄기도 연약하고 열매도 맛이 없다. 집에서 기르는 개나 고양이까지도 햇빛을 좋아하지 않던가.

사람을 포함하여 모든 생명체가 빛 없이 살 수 없는 것은 빛의 근

존재의 향기

원에 대한 이끌림이 있기 때문이다. 뉴턴과 같은 자연과학자는 "빛은 물질일까, 현상일까."와 같은 질문에 흥미가 있겠지만, 나는 "빛의 근원은 무엇일까." "왜 생명체는 빛을 그리워하도록 만들어졌는가."와 같은 물음에 관심이 있다.

빛 속에 사는 사람은 자기 존재의 근원에 대한 긍정을 지닌 사람일 것이다. 마음에 빛을 품고 사는 사람은 얼굴 표정도 밝고 따뜻할 것이다.

파도와 바람과 새

　　　　　　　　　동해안 아야진 바닷가에 작은 집필
공간을 마련하고 나서 진종일 수평선만 바라보며 지낸 날이 많았다.
수평선은 둥글고 선명했고, 파도는 단조롭게 출렁거렸다. 대체로 밤
에 바다는 몸부림쳤다. 바다는 왜 저렇게 울어댈까. 바다는 출렁이면
서 웅크리고, 웅크리면서 퍼져나갔다. 그것은 목적 없는 노동, 묵언
의 아우성, 천지에 눈물 글썽이게 하는 종소리였다. 파도 소리는 허
공에 부딪쳐 흔들리다가 소용돌이치다가 제풀에 꺾여 스러져갔다.
밤새 저 혼자 식식거리다가 들끓다가 몸부림치다 쓰러져가는 바다,
바다는 결코 잠들지 않았다. 눈 부릅뜨고 제 몸 부서트려 허공에 허
망한 한 채의 집을 지었다가 새벽녘 해 뜨기 전 부숴버리는 허무한
노동을 반복하는 것이다.

꙳

　　　그 허무한 노동은 시 쓰는 일과도 비슷하다는 생각이 든다. 보는 사람 없어도 쓰고, 알아주는 사람 없어도 쓴다. 돈 되는 일도 아니고, 대단한 명예를 얻는 일도 아니고, 역사에 남는 일도 아닌 줄 알면서 쓴다. 시대가 바뀌어 삶의 방식도 달라지고 감수성이라든지 느낌의 질도 달라지고 말을 다루는 태도도 달라졌지만 쓴다는 일에는 변함이 없다. 릴케식으로 말하자면 쓰지 않으면 살 수 없으니까? 그런 화려한 수사법 말고 솔직히 고백해보기로 하자. 그냥 쓴다고 말하는 것이 정직하지 않을까. 인간이나 사회를 시가 변화시킬 수 있다는 생각은 버린 지 오래되었고, 철학이나 신념을 담으려는 생각도 버린 지 오래되었다. 그래도 이 대가 없는 노동에 평생을 바치는 일은 그것이 아름다움의 창조와 연관되어 있기 때문이다.

꙳

　　　바다에서 바람을 본다. 바람은 잔잔하고 서늘하기도 하지만 거칠고 사납기도 하다. 태풍 몰아치는 바다를 보면 그 광포하고 처참한 몸부림에 기가 질린다. 뒤집어진 휘파람 소리, 아우성과 비명 소리, 공중제비 돌다 으스러지는 이상한 울음 소리를 들으면 바다와 바람이 수천 년 맺힌 울한 풀어내는 낭자한 자해 행위처럼 느껴지기도 한다. 물이 정화한다면 바람은 파괴하는 속성을 지니고 있다. 그런데 바람이 난폭한 시간에 왜 나는 통쾌한 느낌을 받는 것일까. 바람은 굴욕을 용인하지 않기 때문이리라. 힘차고 통쾌하게 쓰러트리고 쓰러지는 바람은 형체를 지니지 않는다. 자기 파멸에 이르는 무시무시한 힘이 있을 따름이다.

🍂

태풍의 눈을 생각한다. 태풍의 눈이 지닌 고요와 적멸, 명상과 은둔, 사색과 성찰은 세계를 무너트리기도 하고 창조하기도 하는 힘의 원천이 아닌가. 고요의 힘에서 우러난, 부질없지만 외경스러운 바람의 생명력에서 나는 황량한 아름다움을 향한 거침없는 노동을 본다. 시 쓰는 일도 그럴 것이다. 허망하고 황량할 것임을 알면서도 거기 인생을 거는 낭만적 아이러니는 매력적이다.

🍂

바다에는 갈매기들이 있다. 갈매기들은 잠수하지 않고 파도를 탄다. 갈매기들은 바위 위에 같은 방향으로 앉아 있기도 하고 일제히 파도에 흔들리기도 한다. 게으른 새인가? 갈매기들은 꼼짝 않고 출렁거리면서 그림처럼 고요하다. 저렇게

존재의 향기

도 닦듯 오랜 시간 앉아 기다리다가 일제히 날아오른다. 나는 바다 위의 새에서 존재의 위엄을 엿본다. 갈매기들이 저처럼 밋밋하고 맛없는 시간을 버티는 것은 무언가를 속으로 단단히 뭉쳐내려는 것이 아닐까 하고 생각해본다. 기다림의 괴로움, 기다림의 기쁨, 기다림의 설렘, 기다림의 안타까움을 지닌 갈매기들은 언젠가는 일제히 날아오른다. 그것은 신생의 빛이며 충전된 힘의 폭발이며 생명의 환희다.

🐋

자동차를 몰고 동해안 여기저기를 둘러보며 해안선 일주를 하는 것은 내가 즐겨하는 취미 생활이다. 통일전망대 있는 고성군 명파리 해당화 덤불 밑에 죽어 있는 물새를 들여다보며 아직도 더 날 곳 있다고, 더 날아야 한다고 말하는 것 같은 소리를 듣기도 했고, 청간정 앞 소나무에 눈꽃 반짝 덮였다 사라지는 순간을 보며 무중력의 섬광이 지닌 존재의 황홀을 느껴보기도 했다. 낮과 밤이 뒤섞여 있는 어스름한 시간의 중첩 속에 부드럽고 순한 해안선을 나란히 하고 있는 7번 국도를 끼고 있는 인간의 마을을 따뜻한 시선으로 음미하기도 했고, 바다 위에 청보리 그려 넣으며 수경재배하듯 시 쓰고 살고 싶다는 생각에 젖어보기도 하였다. 양양 낙산사 홍련암 섬돌에 홀로 앉아 깨끗한 고요 가득 품은 허공의 무늬 바라보기도 하였다. 아슬아슬한 편안함 지닌 의상대 앞 소나무를 오래 바라보면서 나는 저런 환함에 꽤 익숙하다는 느낌을 받기도 하였다. 그것은 신성한 우수에 디디르는 홀로 있음의 어정이다.

❦

　　　홀로 있음은 기억을 명료하게 하고 평화와 위안을 준다. 정밀한 고독은 시적 충일감을 자극한다. 음악이 있고 바다가 있고 홀로 있음이 가능한 시간과 공간을 나는 얼마나 꿈꾸었던가. 거기서 나는 다른 삶을 꿈꾼다.

❦

　　　밝음과 맑음, 공손함과 순함이 있는 다른 세상에 관하여 자주 생각해본다. 바다 밑 같은 고요와 큰 나무 그늘과 같은 안온함이 있는 세상은 자유롭고 넉넉할 것 같다. 지상에서 그런 시간이나 공간을 만나는 일이 가능하기는 할 것인가. 먼지와 때와 얼룩이 가득한 일상의 삶을 넘어서는 길의 하나는 그런 시를 쓰는 일이다.

맑음에 이르는 길

K교수는 등산가다. 방학을 이용하여 북미대륙의 로키산맥을 오르기도 하고 알프스 원정대에 참여하여 유럽의 지붕을 밟아보기도 한 사람이다. 그의 단단한 체격과 건장한 체질은 우리 같은 약골에게는 부러움의 대상이 아닐 수 없다. 그런 사람이 지난해 히말라야 원정팀의 일원으로 네팔에 다녀와서는 눈에 띄게 겸손해지고 침착해졌다. 무슨 사연이 있었느냐고 물으니 죽을 고비를 넘겼다고 한다. 눈과 얼음뿐인 바위산을 자일을 타고 오르다가 실수로 미끄러져 절벽 위에 대롱대롱 매달려 있었다고 한다. 다행히 같은 등산대의 동료들이 구해주어 사고는 면했지만 그때의 아찔한 순간을 생각하면 식은땀이 난다는 것이었다. 죽지 않고 돌아왔으니 축하할 일이라고 말하면서 나는 그때 절벽에 매달려 있을 때 무엇

이 가장 인상적인 체험이었느냐고 물었다. 그는 단호히 '감각'이라고 말했다. 그 절체절명의 위기의 순간에 놀라운 감각적 체험을 했다는 것이었다. 암벽이며 밧줄, 등산화의 형태와 무늬가 뚜렷하고 선명하게 머릿속에 각인되어져 지금도 자세히 묘사할 수 있을 정도라는 것이다.

번잡하고 문명화된 생활 속에서 우리의 감각은 둔해지고 무디어지고 탁해져 있는 것이 사실이다. 위기의 순간이나 비상시가 닥치면 본능적으로 감각이 선명해지고 섬세해지고 맑아진다.

언젠가 나도 비슷한 체험을 한 일이 있다. 십수 년 전 큰 수술을 하고 회복기에 있던 며칠, 링거만 맞으면서 지내다가 겨우 흰죽을 먹게 되었을 때, 새벽에 혈압 재러 병실에 찾아온 간호사에게서 역한 화장품 냄새를 맡고 구토를 느낀 적이 있었다. 평소엔 거의 느껴지지 않던 냄새, 때로는 향기롭기까지 하던 화장품의 향료 냄새가 왜 그리 역겹게 느껴졌던지……. 나는 비로소 인간의 감각이란 육체와 정신을 비웠을 때 맑아진다는 사실을 체험하였다. 건강을 위하여 단식하는 사람들을 이해할 수 있었고, 기도에 전념하기 위하여 금식하는 심리도 이해할 수 있었다. 그렇다. 몸과 마음의 바탕이 맑아지면 우리 밖에 있는 세계에 대한 경험도 훨씬 섬세해지고 뚜렷해지고 선명해진다.

영혼의 세계도 그러할 것이다. 맑은 혼을 지니려면 먼저 몸과 마음의 바탕을 비워야 한다. 어린아이와 같은 상태, 욕심 없는 상태, 아무 것도 가진 것 없는 상태가 전제되어야 현실에서 느껴지지 않던 영의 세계와 접촉할 수 있을 것이다. 머릿속에는 일상생활의 온갖 근심과 걱정, 욕망과 갈등이 꽉 차 있으면서 눈에 보이지 않는 하느님 나라를 찾으니 보일 리가 없지 않은가. 무소유의 철학이라든지 가난의 기쁨이라든지 하는 말은 이런 경지를 의미하는 말일 것이다. 문명화된 삶은 감각을 둔하게 하고 물신주의적 사고는 정신을 욕망으로 가득 채운다.

　맑음에 이르는 길은 비움에 이르는 길임을 기억해야 할 것이다.

비자림에서

　　　　　　　　　　　제주도는 아름답다. 맑은 날 해안
도로를 달려보면 바다가 은은하면서 아늑하다. 가까운 바다는 옥색
이고 먼바다는 남빛이다. 제주 바다는 검푸르고 서귀포 바다는 좀 더
부드러운 느낌을 준다. 서쪽 협재 쪽 바다는 신비로운 에메랄드빛이
고 동쪽 성산포나 섭지코지 쪽 바다는 깊고 아득한 색깔을 띠고 있
다. 함덕 부근에는 파도에 해초가 밀려온다. 용두암이 솟아 있는 제
주 바다 인근의 용연 산책로에 앉아 대화를 즐기는 것도 좋고 외돌개
를 바라보는 서귀포 바다에서 휴식을 취하는 것도 좋다.

　　한라산이 솟아 있는 제주에는 동굴과 오름과 주상절리가 있어 더
욱 아름답다. 이국적인 풍광을 지닌 이 섬에서는 남국적인 정취를 만
끽할 수 있다. 육지에서는 볼 수 없는 아열대성 식물이 늘어선 가로

수와 밀감밭, 야트막한 검은 돌담으로 둘러싸인 토속적인 분위기의 산간 마을은 평화롭고 정겹다. 이즈음은 해안선을 따라 걷는 올레길이 개발되어 도보로 섬을 일주하는 사람들을 올레꾼이라고 부를 정도가 되었다.

여러 해 전 정치하는 사람들이 제주도를 평화의 섬이라고 명명하고 큰 행사를 치르기도 했지만 사실 제주도는 평화의 섬이 아니다. 조선 시대까지는 유배지였고 근대에는 좌우 이념의 희생지이기도 하였다. 제주에 걸맞은 명칭은 신화의 섬이다. 설문대할망 신화를 비롯하여 수많은 민담과 설화를 간직하고 있는 제주도는 우리 민속과 설화의 보물창고라 할 수 있다. 제주 지방 방언은 지금까지 남아 있는 국어학적 자료의 산실이기도 하다.

내가 제주도를 사랑하는 것은 이 모든 것에 더하여 숲이 아름답다는 또 다른 이유 때문이다. 절물휴양림의 울창한 삼나무 숲이 하늘을 가려 깊고 컴컴한 분위기를 자아내는 것도 좋고 교래휴양림의 곶자왈도 대단하고 규모가 크지만, 놀라운 것은 '신성한 숲(神域)'이라는 의미를 지닌 사려니숲이다. 물찻오름에서 사려니오름까지 걷는 것도 좋고 붉은오름에서 사려니오름까지 걷는 것도 좋다. 붉은오름에서 남조로 길로 이어지는 길도 대단하다. 이 울창한 숲길에는 때죽나무와 서어나무 아래 천남성과 산수국과 이름 모를 풀들이 그득하고 작은 동박새와 검은 까마귀가 사람을 두려워하지 않고 노루가 한가롭게 지나는 사람을 바라보고 서 있다. 아름답고 평화롭고 안온한 원시적 휴식이 있는 숲이다.

구좌읍 평대리에 있는 비자림은 내가 가장 좋아하는 숲이다. 수령 500년에서 800년에 이르는 비자나무 2,800여 그루가 빽빽이 들어선 이 숲에서는 자연의 숨은 기운에서 생명의 영적 기쁨을 느낄 수 있다. 신령스러움을 간직한 숲이다. 고급 수종인 주목은 생김새부터가 의젓하고, 오래된 나무가 지닌 독특한 품격이 있다. 이곳에는 단일 수종만으로 이루어진 숲으로는 세계 최고라는 명성에 걸맞은 깊이와 넉넉함이 있다. 이 숲에서 느끼는 것은 단순한 휴식이 아니다. 천천히 걸으면서 명상에 잠기면 너그러운 화해와 용서의 감정이 다가온다. 사랑과 이해의 감정이 충만해지고 자유와 해방의 감정이 넘친다.

수평선 앞에서

수평선 바라보며 잠이 들었네
새벽달 바라보며 잠이 깨었네
모래알 같은 내가 누리는 세상
벅차고 향기로워 눈물 흘리네

이 짧은 시는 몇 해 전 펴낸 묵상시집 『나를 사랑하시는 분의 손길』
(마종기와 공저, 바오로딸 출판사, 2007)에 실려 있는 「나그네」라는 제목의
필자의 시다. 이 시에 대한 해설에서 나는 다음과 같이 썼다.

어느 고요하고 적막한 바닷가에서 하룻밤 주무십시오. 짭짜름
한 해풍을 맞으며 지는 해를 바라보십시오. 파도 출렁이는 바닷가

의 모래톱에 홀로 앉아 멀리 둥근 눈썹 같은 수평선이 허무를 쓰다
듬는 것을 느껴보십시오. 허무한 시간이 실성한 듯 몸부림치며 제
허리를 껴안고 둥근 눈썹 저편으로 곤두박질치는 것을 보실 것입
니다.

첫사랑 같은 수평선 애틋하게 바라보다 잠드십시오. 풋잠 설핏
깨면 잊지 못할 사람 얼굴 같은 새벽달을 만날 것입니다. 참을 수
없는 눈물 한줄기 흘러내리시는지요? 모래알보다 더 작은 당신이
누리는 세상, 그 생명의 벅찬 신비가 너무 향기로워 흐르는 눈물입
니다.

수평선 앞에서는 고독을 배운다. 아득하고 정처 없는 바다 끝 간
데를 물끄러미 바라보면서 내 존재가 한없이 작고 보잘것없다는 것
을 실감하는 고독이다. 그것은 허무와 연결된 고독감이다. 그러나 수
평선 앞에서의 고독은 평화롭고 안온하다. 바다에는 사람의 마음을
가라앉히는 신비로움이 있다. 수평선은 멀고 아득하지만 둥글고 부
드럽다. 맑은 날은 하늘과 바다가 안타깝게 서로 끌어안는 것 같기도
하고 흐린 날은 하늘과 바다가 몸 섞고 있는 것 같기도 하다.

아무 목적 없이 바닷가에서 보내는 하룻밤은 바람과 파도와 갈매
기 소리만 동무가 된다. 새벽에 잠 깨어 희고 맑은 달 바라보면 기쁨
인지 서러움인지 알 수 없는 벅찬 감정이 치솟아 오른다. 이 한없이

초라하고 미미한 내 존재에 생명이 깃들어 있다는 것이 신비하지 않은가. 생명의 존재감에는 행복감만 충만해 있지는 않다. 아쉬움과 안타까움, 서러움과 슬픔의 감정도 함께 섞여 있다. 이 작은 내 존재 안에 이 모든 감정이 깃들어 있다는 사실이 신비롭지 않은가.

우리나라는 삼면의 바다가 제각기 다른 특색을 지니고 있다. 동해 바다는 깊고 아득해 보이고, 남해 바다는 평온하고 그윽해 보이고, 서해 바다는 축축하고 눅눅해 보인다. 이 또한 축복이다. 혼자 차를 몰고 해안선 일주를 해볼 것을 권한다. 반드시 혼자 떠나야 한다. 사람은 가끔 쓸쓸하고 외로워질 필요가 있다. 바닷가에서 수평선을 바라볼 때 느끼는 쓸쓸함과 적막감 속에 생명의 신비를 실감한다는 것은 우리 존재가 본래 고즈넉한 사색의 시간에 자기 자신을 되돌아보도록 설계되어 있기 때문이다.

비움의 아름다움

작년(2011) 여름, 수십 년 만의 폭우가 쏟아져 서울을 포함한 중부지방에 물난리가 났었다. 내가 겪은 물난리는 남부순환로 건너편 우면산에서 터졌다. 산사태가 발생한 것이다. 진흙탕 물줄기가 우리 집 가까운 방배 전철역 부근으로 쏟아져 내려왔고 대부분의 집들은 지하 주차장이나 지하실이 침수되었다. 예술의전당에서 사당역 사이, 대로변의 고급 아파트는 산사태의 직격탄을 맞아 흙탕물과 나무토막이 3층 베란다까지 밀려들어 왔다.

이 집들에 비하면 우리 집은 큰 피해를 보았다 할 수 없겠지만 나도 나름대로 적잖은 피해를 입긴 하였다. 지하실 한쪽 벽면을 가득 메웠던 책들이 전부 못쓰게 된 것이다. 지난해 여름 재직하던 대학에서 정년을 맞아 퇴임하면서 학교 연구실에서 가지고 온 책들이었다. 퇴임 후 집필실로 사용하기 위하여 서울 시내에 조그만 오피스텔을 얻어 나만의 공간을 마련하긴 하였지만 여기에는 주로 시집과 시론집들을 갖다 놓았고, 문학이론서라든가 논문집, 영인본, 전집류 등 자주 찾아보지 않아도 되는 책들을 지하실에 보관하였던 것인데 하루아침에 완전히 걸레쪽이 되어버렸다.

허망하고 덧없는 일이 아닌가. 나는 한동안 부끄러움과 미안함, 안타까움과 아쉬움의 감정에 사로잡혔다. 이제는 자주 들여다보지 않을 것이 분명한 이 책들을 한창 공부할 제자들에게 나눠주지 않고 교수 생활이 끝난 후까지 미련을 가지고 끌고 다니다가 이 꼴을 당했으니 우선 나 자신에게 부끄러웠고, 버리기 전에 좀 더 착실히 읽어둘걸 그렇게 하지 못했으니 못쓰게 된 책들에게 미안했다. 앞으로 혹 전공 분야의 글 쓸 일이 있게 되면 도서관을 뒤져야 하게 되었으니 안타까웠고, 비록 물건이지만 오래 정들었던 책들이 사라졌으니 아쉬웠다.

그러나 한편으로는 개운하고 홀가분하고 다행이라는 생각도 들었다. 이론서니 논문집이니 영인본이니 하는 것들과 이별하고 나니 머리가 개운해지는 느낌도 들었다. 교수 생활 끝내면서 전공 분야 논문은 졸업이라는 농담을 하긴 했어도 이제야 그게 실감 나게 되었으니 홀가분하기도 하였다. 이제 논리적이고 지성적인 문학 연구자의 인생은 끝내고 직관적이고 감성적인 시인으로만 살라는 뜻이 아닌가.

이제는 시만 읽고 시만 쓰고 시만 생각하며 살아야겠구나 하는 각오를 새로이 하는 세기가 되었나.

차마 내 손으로 버리지 못하고 끌고 다니던 것들을 정리해준 이 사건에 대하여 오히려 고마워해야 한다는 것을 깨달은 것은 한참 시간이 지난 후였다. 이 일이 아니었다면 나는 아마 읽지도 않는 책들을 죽기까지 지니고 살았을지 모른다. 깨끗이 버리고 치우고 정리하고 나니 오히려 새로운 힘이 솟고 앞으로의 방향이 선명해지는 것을 느꼈다. 진작 버려야 할 걸 지니고 살고, 진작 벗어나야 할 걸 집착하며 살고, 진작 베풀어야 할 걸 인색하게 살지 않았던가.

나는 비로소 비움이 지님보다 아름답다는 사실을 실감하였다. 비움에도 용기가 필요하고 비움에도 결단이 필요하다는 사실도 깨달았다.

존재의 향기

희망, 눈앞에 있어도……

사막을 횡단하던 탐험가가 있었다.
뜨거운 태양과 모래바람, 길 없는 대륙의 가혹한 기후를 견디기에 알
맞은 복장과 지도를 준비한 탐험가는 홀로 사막을 걷고 있었다. 그는
멀리 보이는 오아시스를 향해 가다 그것이 신기루였다는 것을 알았
을 때는 이미 음식도 물도 떨어져 죽은 사람들이 있었다는 이야기도
들어 알고 있었다.

철저하게 준비한 탐험가였지만, 불운하게도 예기치 못한 회오리바
람이 몰아쳐 사막 한가운데서 길을 잃고 말았다. 그는 멀지 않은 데
에 야자수 잎이 바람에 나부끼는 것을 보았다. 위기 속에서도 이성을
잃지 않았던 냉정한 탐험가는 신기루를 따라가지 않으려고 그 자리
에서 버티다 밤을 맞았고, 결국 죽고 말았다.

다음 날 낙타를 끌고 오아시스에 물을 마시러 온 유목민 부자가 있었다. 오아시스 가까이에서 죽어 있는 사람을 본 아들이 아버지에게 "왜 이 사람은 샘물 가까이에 와서 목말라 죽었을까요?"라고 묻자 아버지는 "저게 문명인의 모습이란다." 하고 대답하였다.

구원의 길을 앞에 두고 끝내 의심을 버리지 못하는 현대인을 비유한 이 예화(例話)에서 우리는 희망과 절망의 경계선을 생각해보게 된다. 눈앞에 있어도 받아들이지 않으면 희망이 아니다. 합리주의와 이성주의에 길든 문명인은 그것이 왜 희망인지 설명하고 논증하고 설득해야만 받아들이려 한다. 희망을 가진 사람으로 살고 싶어 하면서도 선뜻 받아들이지 못하는 것이 문명인의 모습이다. 혹시 신기루 같은 것이면 어쩌나 하는 회의와, 헛된 희망을 안고 살다가 끝내 이루지 못하고 좌절한 사람들의 이야기를 너무 많이 알고 있기 때문이다.

바닷가에서 수평선을 오래 바라본 날이 있었다. 하늘과 바다가 맞닿은 곳에 둥근 눈썹 같은 단순하고 확고한 선이 그어져 있었다. 수평선은 보이는 세계와 보이지 않는 세계를 갈라놓는 명확한 경계선이었다. 수평선 이쪽은 존재의 세계요 수평선 저쪽은 무의 세계인 것인 양 느껴지기도 하였다.

그러나 한참 바라보니 수평선 너머에서 작은 배 한 척이 희미하게 나타났고, 시간이 갈수록 형태는 점점 뚜렷해지고 커져서 가까이에 다가와서는 아주 큰 기선이 되어 지나가고 있었다. 아무것도 없던 수

존재의 향기

평선 너머에서 물체가 나타나서 뚜렷해지고 커지고 확실해지고 하는 것을 바라보다가 나는 보이지 않는다고 존재하지 않는 것은 아니라는 사실을 깨달았다.

보이지 않더라도 어딘가에는 틀림없이 존재하는 것, 의심하고 믿지 않으려 하면 눈앞에 있어도 절망에 불과한 것이 희망이다. 보이지 않는 희망을 보려면 간절하고 순수한 마음의 상태가 바탕에 있어야 한다. 삶의 어려운 고비에 처했을 때, 단 몇 퍼센트의 희망만 있더라도 우리는 거기 매달리지 않는가.

희망, 보이지 않지만 눈앞에 있는 것! 그것이 신기루인가, 현실인가는 내가 결정할 일이다.

바다와 새

깊은 겨울, 홀로 차를 몰고 동해안 여행길을 떠난다. 대설주의보가 해제된 직후여서 길에는 차도 사람도 없다. 눈 그친 후의 날씨는 쾌청해서 하늘도 맑고 바다도 맑고 바람도 맑다. 방해하는 사람도 없고 신경 써야 할 일도 없다. 평화로운 사색, 휴식 속의 안온함이 있을 뿐이다. 혼자 하는 여행은 자유로워서 좋다. 무엇을 먹을까, 어디서 잘까, 어디에 들러 무엇을 할까 등등을 다른 사람과 의논할 필요가 없어서 좋고, 보고 싶은 대로 보고, 먹고 싶은 대로 먹고, 자고 싶은 곳에서 자고, 하고 싶은 것을 마음대로 할 수 있어서 좋다.

내 계획은 동해안 최북단 강원도 고성의 통일전망대에서부터 속초, 양양, 강릉을 지나 삼척, 울진, 영덕, 포항 구룡포 호미곶까지 7

번 국도를 따라 내려가는 것이다. 고성 통일전망대에서 부산 오륙도 앞바다까지 688킬로미터에 이르는 이 길은 문화부에서 해파랑길이라고 명명하여 네 개의 테마 구간으로 나누어 지역 관광 자원으로 널리 알린 덕에 구간, 구간, 트래킹하는 그룹도 있다. 고성에서 양양까지 '통일기원길', 고성에서 울진까지 '관동팔경길', 경주에서 강릉까지 '화랑순례길', 부산에 울산까지 '동해아침길'이라 이름 붙인 네 구간은 그 나름의 역사적 배경과 자연 풍광을 지니고 있다. 그러나 내 이번 여행의 목표는 목적 없는 자유로움이며, 구애받지 않는 내면의 즐거움이므로 해파랑길 답사를 염두에 둔 것은 아니다.

통일전망대에는 성모마리아상도 있고 관음보살상도 있다. 자비와 평화를 비는 상징물이 모두 여성상인 것은 특별한 의미를 가진다. 나는 이 두 여성상 앞에서 잠깐씩 묵상한다. 폭력을 앞세우지 않는 통일, 사기당하지 않는 통일, 지혜로운 통일, 자유와 안전이 보장되는 통일을 주십사고 기도한다. 나는 맹목적 민족주의자도 아니고 통일 지상주의자도 아니다. 통일은 민족의 절대 명제이지만 이를 앞세워 당파적 이득을 취하는 행위를 경계한다. 통일에 무관심한 그룹도, 통일에 목 놓아 매달리는 그룹도 각기 그 나름의 문제를 지니고 있다. 무엇보다 나는 남북통일이라는 용어가 싫다. 지금이 삼국시대인가? 남북재통일이라고 해야 옳다. 통일신라 이후 우리 민족은 1,500년 넘는 통일의 역사를 지니고 있지 않은가? 그러니 남북통일이 아니라 남북재통일이라는 용어를 써야 할 것이다.

회진포에는 김일성 별장도 있고, 이승만, 이기붕 별장도 있다. 김일성 별장 앞에는 대여섯 살 적의 어린 김정일 사진도 있다. 영예와 치욕의 역사를 겪은 건국 대통령 이승만 별장과 기념관은 소박하고 초라하다. 여기서 잠시 우리 현대사의 고난과 아픔을 반추한 후, 눈길을 화진포 앞바다로 돌린다. 수려한 풍광의 넓고 둥근 해안선 가득 검푸른 파도가 밀려온다. 이쪽 바다는 검고 깊은 느낌을 준다. 쪽빛이 너무 강하면 검은 느낌에 가까워진다. 이 바다의 무서운 깊이감에는 알 수 없는 형이상학적 초월감이 스며 있다. 나는 이 바다의 절대 순수 앞에서 잠시 옷깃을 여민다.

고성, 속초 지역에는 내가 좋아하는 바닷가 정자들이 몇 개 있다. 고성의 '청간정'과 속초 동명항의 '영금정'은 풍광이 뛰어나다. 청간정 앞 소나무에 눈꽃이 희게 덮여 있다. 바다 위 멀지 않은 하늘 위에는 환한 혀 모양으로 새 한 마리 떠 있다. 바람의 얼굴이 물 밑 검은 돌에 부딪혀 가볍게 흔들린다. 나는 지상의 모든 간절한 욕망을 놓아버리고 잠시 황홀한 신비감 속으로 빠져든다. 마음이 홀가분하고 깨끗해진다.

근처 아야진 해변가에는 도루묵과 양미리를 널어 말리는 덕장 풍경이 정답다. 이 지역에는 명란, 창란, 가자미, 오징어 등이 흔했다. 그러나 지금은 명태도 씨가 말랐고, 오징어도 귀해졌다. 아직 덜 자란 어린 새끼까지 싹쓸이해서 잡아낸 인간의 탐욕이 빚은 결과이기도 하고, 지구 온난화로 수온이 높아져 바다 환경이 변화된 탓이기도 하다. 안타까운 일이 아닐 수 없다. 그런대로 이 지역의 맛집 한 군데를 찾아간다. 좋아하는 가오리찜은 일 인분은 팔지 않으므로 겨울철 별미인 도치알탕을 시켜 먹는다. 적당한 숙소 잡아 하룻밤 지낸 후 내일 아침에는 물곰탕이나 섭죽을 먹으리라 생각한다.

양양 낙산사에는 '홍련암'이 있다. 나는 불교 신자는 아니지만 경건한 마음으로 암자에 들어가 창밖으로 올려다 보이는 해수관음상을 오래 바라본다. 내가 특히 좋아하는 불상은 관음보살상이다. 관음보살상은 석가모니상처럼 근엄하지 않고 미륵보살상처럼 위압적이지 않아서 좋다. 도탑고 풍만한 여체이면서 자비와 경건함의 느낌을 갖추고 있어서 좋다. 잠시 홍련암 섬돌에 앉아 깨끗한 고요 가득 품은 허공을 응시한다. 바다의 파도 소리가 허공에 둥근 무늬를 만든다. 멀리 보이는 의상대 앞 소나무는 바다를 향해 벼랑 끝에 버티고 서 있는데 아슬아슬하게 편안한 느낌을 준다. 환하고 밝은 기운이 온몸으로 번져온다.

'휴휴암' 앞바다의 파도는 물 밑 검은 돌에 부딪쳐 힘차게 부서진다. 이런 역동적인 기운을 지닌 바다는 생기를 북돋운다. 하조대 앞 흰 등대는 완만한 해안선과 조화를 이루어 미학적 균형감을 이루고 있다. 오늘은 바람이 센 편이어서 나는 옷깃을 여민다. 이 지역, 고성군 간성에서 양양 사이에는 바람이 센 편이어서 봄철에 부는 강한 바람을 '양간지풍'이라 부르기도 한다. '양간지풍' 때문에 산불도 자주 일어난다.

주문진 어시장 둘러보고 강릉 '경포대' 부근에서 이름난 순두부집 찾아 요기한 후 안목해변 커피거리 찾아가 커피를 마시며 쉰다. 강릉에서 내가 특별히 좋아하는 곳은 '열화당'인데 바다 보는 일이 목적인 이번 여행길에서는 생략하기로 한다. 오늘은 정동진에서 묵기로 한다. 이튿날 아침, 정동진의 '바다부채길'을 걸으면서 나는 상쾌한 기분에 사로잡힌다. 바다는 깨끗하고 청량하다. 여기도 갈매기 몇 마리 한가롭게 떠돈다. 바다에서는 늘 새를 만난다. 바닷새는 여유롭고 고고하고 기품이 있어 보인다. 나는 바닷새가 하늘 높이 떠 있는 것을 보면 늘 '고요한 건들거림'을 느낀다. 저런 여유와 자유는 지상의 평화를 갈구하는 우리 같은 속인들에게는 부러움의 대상일 따름이다.

그러나 한가하고 여유롭던 정동진 바닷가 마을이 수많은 숙박업소와 음식점으로 무질서하게 도배된 풍경은 갑갑하다. 인기 있는 TV 드라마와 영화의 배경이었던 연유로 갑자기 이름이 널리 알려지고 관광객이 몰려들었기 때문이다. 속초의 아바이마을에도 원래 두 군데 아바이순대집이 있었다. 그러던 것이 언젠가 TV에 나와 코믹한 모습으로 인기를 얻은 씨름선수 출신 연예인 강호동 일행이 〈1박

2일〉이라는 프로그램을 촬영한 이후 유명해져 아바이순대집이 무려 열 군데로 늘어났다. 유명한 곳이라면 무조건 모여드는 사람들의 심리 상태를 이해하기 어렵다.

다음 날은 삼척에서 추암 '촛대바위' 구경하고 영덕 강구항에서 대게찜으로 포식한 후, 포항 영일만의 호미곶으로 향한다. 구룡포에는 과메기 말리는 덕장들이 널려 있다. 꾸덕꾸덕 말라가는 과메기 혼에 비린 해풍의 홑이불이 덮이고 끈끈하고 축축했던 물고기의 한 생애가 해초처럼 흔들린다. 아주 눅눅하지도 않고 아주 메마르지도 않게 과메기는 말라간다. 저 과녁 없는 과메기의 고독을 바라보면서 나는 지상의 존재가 누리는 영욕의 허망함에 대하여 잠시 생각한다. 인간도 과메기처럼 반쯤 말릴 수 있다면……, 그렇다면 새 맛 나는 사람으로 변할 수 있을까. 이런 쓸데없는 공상에 잠기면서 나는 호미곶의 '해맞이공원'을 찾아간다.

호미곶 '해맞이공원'은 해 뜨는 모습의 풍광이 유명한 곳이어서 겨울 아침인데도 사진작가들 몇 명이 진지한 자세로 셔터를 눌러댄다. 바다에 불쑥 솟아 있는 손 모양의 조각 〈상생의 손〉은 육지에 세운 또 하나의 손과 마주 보고 있다. 육지의 손 앞에는 햇빛 채화기 〈천년의 눈동자〉가 있어 독도와 서해안 변산과 남태평양 피지에서 채화한 불씨와 함께 이곳에서 채화한 불씨가 〈영원의 불씨〉라는 이름으로 합쳐져 있다. 이런 종류의 이벤트는 다소 작위적이기는 하나 나름대로 사람들의 흥미를 유발하고 이 지역의 가치를 널리 알리는 데 기여하는 의미가 있다.

여기 바다는 동해라기보다 태평양이라 부르는 편이 나을 듯싶다. 맑고 청명한 느낌보다 광대하고 거칠고 막막한 느낌이 강하다. 이런 강인한 바다의 모습은 대양으로 향하는 기상을 길러준다. 이 광막한 바다 앞에 서면 가슴이 탁 트인다.

이곳 바다 위에도 새 몇 마리 유유히 난다. 하늘에는 출렁거리는 바람이 있고 새들은 파도의 틈서리에 은빛 못을 뿌린다. 저 바닷새의 고고한 품격은 어디에서 오는 것일까. 파도 위의 제 그림자를 응시하는 저 정지된 품격은 고독하면서 자유로운 비상의 잔영이다. 저 새는 솔개의 천품을 지닌 갈매기일까. 갈매기의 방랑을 즐기는 솔개일까. 저 새들은 허공에 핀 꽃 몇 송이 같다. 외로우면서 자유롭고, 평화로우면서 초월적이다. 아아, 인간은 왜 저 바닷새처럼 저런 자유로운 평화와 초월을 누릴 수는 없는 존재일까.

해안선을 따라 차를 몰아 더 남쪽으로 내려간다. 포항 호미곶, 구룡포 지나 울산 간절곶에 이르면 바다 색깔이 확실히 달라진다. 동해다운 검푸르고 짙은 쪽빛은 남쪽으로 내려오면서 점차 불분명해지고, 여기서는 그저 망망대해라는 느낌이 강하다. 동해와 남해의 경계가 되는 지점이 가까워졌다는 의미인가. 남해의 난류와 동해의 한류가 섞이는 지점은 부산 해운대 앞바다 청사포 해안이라고 하는 이도 있고, 정확히는 해운대 달맞이고개 정상에 있는 팔각정 '해월정'을 기준으로 그 앞바다를 동해와 남해의 경계라고 하지만, 내게는 그게 실감 나지 않는다. 동해는 고성, 속초, 강릉 앞바다의 깊고 짙은 푸른 색이라야 하고, 남해는 통영, 남해, 여수 앞바다의 잔잔한 연록색의 호수 같은 바다라야 한다.

　이쯤에서 나는 이번 겨울 여행을 끝내기로 한다. 해운대는 원래 좋은 바다였지만 지금은 너무 많은 사람들이 모이고 숙박업소와 음식점 천지여서 홀로 사색에 잠기기에는 적당한 곳이 못 된다. 무엇보다도 동해 바다에 유유자적하게 떠 있는 새 구경을 원 없이 했으니 더 바랄 게 없다. 바다가 그대로 있고, 새도 그대로 있을 터이니 아쉬울 것도 없다. 차를 돌려 돌아오는 길에 나는 세상의 모든 고독과 적막 속에는 여유로움과 자유로움이 스며 있다는 생각에 잠긴다.

아름다운 육체

　　　　　　　　　런던 올림픽이 열렸던 지난여름은
행복했다. 유례를 찾아보기 힘든 폭염 때문에 잠 못 이루는 밤이 많
았지만 올림픽에 출전한 선수들의 놀랍고 초인적인 분투를 TV로 지
켜보면서 인간의 육체가 저토록 아름다울 수 있을까 하고 감탄한 시
간을 잊을 수 없기 때문이었다. 아름답다는 말은 체격이나 얼굴 생김
새를 두고 하는 말이 아니다. 인간의 육체가 빚어내는 동작과 운동감
의 아름다움을 두고 하는 말이다.

　아름답기야 미스코리아나 미스유니버스 대회에 출전한 미녀들이
더하다 할 수 있겠지만, 그것은 정지된 상태의 미일 따름이다. 그 아
름다움은 부럽기는 하지만 감동적이라 할 수는 없다. 그러나 스포츠
의 세계에서 피나는 노력을 기울인 끝에 세계 제일의 우승자가 된 사

람들의 모습을 보는 일에서는 가슴 찡한 감동이 전해져온다.

이번 런던 올림픽에서 가장 감동적인 스포츠 영웅으로는 남아프리카공화국의 육상 선수 오스카 피스토리우스를 꼽아야 할 것이다. 태어날 때부터 정강이가 없었던 그는 생후 11개월째에 두 무릎 아래를 절단해야 했다. 그는 육체적 장애를 지닌 채 두 다리에 의족을 하고 달려 남자 400미터 육상 예선을 통과하고 준결승에까지 진출하였다. 그가 의족을 하고 달리는 것을 보면서 소름 끼치는 충격과 전율을 느낀 사람이 한둘이 아닐 것이다.

한국 체조의 도마 선수 양학선도 놀라운 인간 승리를 보여주었다. 공중에서 세 바퀴 반을 비틀며 돌아 정확히 착지하는 그의 동작은 경탄을 자아내기에 충분했다. 더욱이 비닐하우스 집에 살 정도로 가난한 환경에 굴하지 않고 피나는 노력 끝에 이루어낸 성취이기에 진한 감동을 안겨주었다. 가난하다는 것은 부끄러운 일이 아니라며 밝게 웃는 양 선수와 그 어머니의 모습은 너무나 아름다웠다.

사실 이번 올림픽이 우리에게 즐거움을 주었던 것은 선수들의 밝은 태도와 표정이었다. 최선을 다하되 결전의 순간을 즐긴다는 태도는 참으로 아름다웠다. 그들은 인간이 육체를 지닌 존재라는 사실을 축복으로 받아들였다. 육체의 기능적 한계에 접근할수록 더 아름다워지는 동적 운동감은 최고의 예술이었다.

금메달을 딴 우승자들은 찬사를 받아 마땅하지만, 최선을 다하고

도 아깝게 메달을 놓친 선수들의 쓰리고 아픈 마음도 위로해주어야 할 것이다. 우승 후보로 꼽혔다가 탈락한 어느 복싱 선수는 타인의 시선이 두려워 혼자 골방에서 울고 또 울었다 하고, 부상으로 예선 탈락한 어느 유도 선수는 그 충격으로 인해 연락 두절인 채 잠적해버렸다는 소식을 들으면 가슴이 아파온다.

승리자뿐 아니라 패배한 선수도 모두 밝게 웃을 권리가 있다. 그들은 육체의 아름다움을 마음껏 누리고 펼쳤기 때문이다.

고요를 그리며

언젠가 가까운 외국인 친구가 우리 나라를 방문하였을 때 며칠 안내자 역할을 맡아본 적이 있었다. 그는 한국에서의 가장 인상적인 볼거리로 거리의 간판을 첫손가락으로 꼽았다. 인정사정 볼 것 없이 덕지덕지 도배하듯 붙여놓은 무지스럽게 크기만 한 간판들……. 그는 우리나라 정도의 소득 수준을 갖춘 나라 가운데에서 이처럼 요란하게 간판을 붙여놓고 사는 나라는 본 적이 없다는 이야기와 함께 카메라 셔터를 눌러댔다. 그는 다만 "인상적이다"라든지 "재미있다"라고 말했을 따름이었지만 이 무질서하고 무지막지하고 무식한 길거리에 어느새 길들여져 무감각하게 지내고 있다는 사실이 나의 수치심을 자극했다. 경제적으로는 성장하였지만 문화적으로는 더욱 무지스러워지고 그악스러워진 나라 백성인 것이 어찌 자랑일 수 있으랴.

긴거리의 간판만 혼란스러운 것이 아니다. 지하 철역에도, 열차 안에도 온통 간판으로 도배를 해놓았다. 이래도 주의를 기울이지 않겠느냐는 식으로 크고 무지스럽게 덕지덕지 벽면을 뒤덮어놓은 상업광고들은 가위 위협적이라 할 만하다. 심지어 역 안의 스크린 도어에 새겨놓은 어설픈 시들까지 우리의 시선을 괴롭힌다. 그렇게라도 시를 읽게 하는 것이 정서 순화에 도움이 된다고 생각하는 모양이지만 수준 낮은 시를 마구잡이로 새겨놓은 것은 시인이나 독자 어느 편에도 도움이 되지 않는다.

그뿐인가. 지하철역 안의 광장에서는 스피커를 꽝꽝 틀어놓고 기타 반주에 맞춰 노래 부르는 무명가수들이 있고, 열차 안에는 10분이 멀다 하고 잡상인들이며 구걸하는 사람들이 요란한 소음을 내며 지나간다. 시내버스들도 어마어마하게 큰 광고 그림을 붙여놓고 다니지 않는가. 새로 개업한 가게 앞에는 미니스커트 입은 아가씨들이 요란한 음악 소리에 맞추어 이상하게 몸을 흔들며 춤추고 있고, 대형 마트건 동네의 작은 슈퍼마켓이건 가릴 것 없이 시끄럽고 요란한 음악을 사정없이 틀어놓고 태연자약하다.

고속도로 휴게소에 가면 거기서도 기타 치며 노래 부르는 무명가수들이 있다. 심장병 어린이를 돕는다고 하지만 좀 조용하고 은은한 음악으로 접근할 수는 없는 것일까 하는 생각이 든다. 자세히 관찰해

존재의 향기

보면 그 사람들이 하는 노래는 립싱크일 따름이다. 음반을 틀어놓고 거기 맞추어 입만 벙긋거리는 것이다. 아무리 좋은 의도일지라도 지나가는 사람을 마구 괴롭히는 일은 횡포요 폭력이 아닌가 하는 생각이 든다.

인터넷이건 스마트폰이건 휴대폰이건 시도 때도 없이 낯 뜨거운 문자 메시지가 쳐들어오고 어린 학생들은 상소리와 욕설을 입에 달고 사는 세상이 되었다. 어지럽고 남부끄럽고 무질서한 세상이다.

조용한 환경을 못 견디는 세태는 사람들의 내면에 자신감이 없기 때문이다. 무언가 불안하기 때문에 군중 속에 파묻히고 싶어 하는 것이다. 고요가 그립다. 고요 속에서 자신을 돌아보고 하느님을 만나는 일을 외면하는 삶은 풍요 속의 빈곤이다.

가난에 대하여

물질적인 가난과 정신적인 가난은 정비례하는 것일까, 반비례하는 것일까. 아니면 서로 관계가 없는 것일까. 부자는 천국에 가기 어렵다는 성경 말씀을 보거나, 가진 것을 다 팔고 스승을 따르라고 하였을 때 부자 청년이 선뜻 따르지 못한 것은 가진 것에 대한 집착과 미련이 강하기 때문이었을 것이다. 가진 것이 많다는 것은 미련과 탐욕이 많다는 것과 통한다. 그러니 부자는 그 탐욕과 미련, 집착으로 인한 번뇌에서 벗어나기 어렵고, 그래서 천국에 쉽게 가지 못한다는 의미일 것이다.

동서고금을 막론하고 보통 이상의 돈이나 재물을 모으려면 수단이나 방법이 정당하지 못한 경우가 대부분이라는 점이 문제다. 부자가 되기 위해서는 부정이나 비리와 타협하였거나 권력에 빌붙어 가난한 사람에게 돌아갈 몫을 가로챈 경우가 태반이 아닌가. 『흥부전』에는 흥부가 다리 부러진 제비를 불쌍히 여겨 도와준 것 외에는 특별한 선행을 베풀었다는 이야기가 없고, 놀부가 심술이 많다는 것 외에는 특별한 악행을 했다는 이야기가 없다. 그러나 이 이야기의 배경에는 놀부가 부자가 되기 위해서 흥부에게 돌아갈 몫을 빼앗았을 것이라는 추측이 깔려 있다. 콜카타의 테레사 수녀가 위대한 점은 가난한 사람들 속에서 가난하게 살면서 그들을 돕고 그들의 일부가 되었다는 점 때문이다.

진정으로 마음이 순수해지려면 가진 것이 적어야 하지 않을까? 자본주의 사회에서 물질적 풍요를 추구하는 것을 나무랄 수는 없겠지만 거기에도 일정한 금도가 있어야 하고 방법이 정당해야 할 것이다. 서른몇 평짜리 아파트값이 10억이 넘는 것도 모자라 부녀회에서 싼 값에는 집을 팔지 말자고 결의하고 인근의 부동산업소에 값을 비싸게 불러달라고 압력을 가하는 일은 염치없는 짓이 아닌가. 작은 선행은 쉽게 베풀어도 큰 희생은 감당하지 않으려 하는 사람들이 태반이다. 아무리 기도 생활을 착실히 한다고 해도 이처럼 끝 모르는 탐욕 속에서는 축복에도 한계가 있을 수밖에 없지 않을까. 하느님이 복을 주고 싶어도 받을 수 있는 빈자리가 없으니 딱한 일이다.

스스로 가난해져서 종교인다운 참모습으로 살다 간 성 프란치스코와 그분의 철학을 따르는 그룹이 세속화된 중세 교회의 타락 속에서도 그리스도의 정신을 되살린 것은 의미심장한 일이다. 교회도 더 가난해져야 하고, 신자들도 더 가난해서야 한다. 비대해진 교회 소속의 학교나 병원을 다 팔아 우리 교회가 먼저 가난해질 수 있을까. 내 재산이나 소유물을 전부는커녕 일부라도 흔쾌히 내놓을 수 있을까. 내가 가진 것 중 남는 것 말고, 내가 중히 여기는 핵심적인 것을 내놓을 수 있을까. 아아, 참으로 가기 어려운 곳이 천국이구나.

꽃구경 생각

봄이 오면 꽃구경 생각에 마음 설렌다. 누런 황토색 겨울이 속내를 드러내지 않고 부지런히 일구어낸 다채로운 생명의 향연이 뿜어 올리는 대지는 그 어떤 인공의 것보다도 눈부시게 아름답다.

2월 하순부터 3월 초순이면 통영 앞바다 장사도나 여수 오동도에 동백꽃이 무더기로 피어난다. 고창 선운사 동백은 3월 중순이 넘어서야 볼 수 있으니 신기하고 놀랍기야 남쪽 바다 섬이나 해안 지방의 꽃소식이 으뜸이다. 동백꽃은 윤기 흐르는 두터운 잎 사이에 선명한 붉은 뭉텅이 꽃이 정열적이다. 오페라 〈라 트라비아타〉의 주인공 비올레타는 동백꽃을 가슴에 꽂고 나온다. 알렉상드르 뒤마의 원작 제목은 원래 『동백꽃 여인』이 아니던가.

3월이면 온 나라에 개나리의 노란색과 진달래의 붉은색이 장관을 이룬다. 도심 가로변의 개나리는 공해 때문에 빛깔이 선명하지 못하여 안타깝고 서울 근교 산의 진달래 색깔 또한 북한 지방처럼 선명하지는 못하니 아쉽다. 여수 영취산 진달래가 장관이라던데 나는 아직 가보지 못하였으니 숙제로 남아 있다. 절정을 이룬다는 4월 초에 나는 벚꽃 구경을 다닌 까닭이다.

섬진강을 중심으로 광양, 하동 등지에서 열리는 매화 축제, 구례 산수유 축제도 볼 만하기는 하지만 꽃구경 중에는 벚꽃 구경이 단연 으뜸이다. 제주 왕벚꽃, 진해, 경주, 서울 여의도 벚꽃들 모두 볼 만하지만 흰 벚꽃 터널이 하늘을 가리는 장관은 아무래도 쌍계사 십리 벚꽃길만 한 것이 없다. 여기 벚나무는 너무 늙었고 순수한 흰색이기보다는 연분홍빛을 띤 것이 다소 불만이기는 하지만, 순결한 아름다움의 정수를 모아 하르르 하르르 아우성치며 나비보다 가볍게 아득한 봄 속으로 추락해가는 꽃잎들이 눈사태 지듯 흩날리는 것은 장관이다.

4월 중순 지나면 목련이 흐드러진다. 이 시기에는 천리포수목원의 굵고 탐스럽고 아득한 느낌을 주는 목련나무를 만나러 가야 한다. 안개를 껴안고 허공에 떠 있는 램프 같다고 할까. 파도처럼 폭포처럼 눈부신 함성 같다고 해야 할까. 목련꽃이 주는 신비감은 남다른 데가 있다. 벚꽃이 주는 비장미와는 다르게 목련꽃은 에로틱한 분위기를

존재의 향기

자아내기도 한다.

5, 6월은 야생화의 계절이다. 패랭이꽃, 달맞이꽃, 할미꽃, 꽃창포, 제비꽃, 민들레, 금낭화, 달개비꽃, 천남성…… 산길에서 이 작고 여릿여릿한 들꽃 한 송이 들여다보며 생명의 신비를 느껴보는 일도 삶의 귀한 장면이 된다. 아카시아나 라일락의 향기로운 꽃내음에 취해볼 수 있는 것도 이 계절이다. 기품 있고 탐스러운 장미나 모란꽃은 꽃 중의 왕이라는 이름에 어울리게 범접하기 어려운 품격을 지니고 있다.

여름에는 연꽃을 보러 가야 한다. 부여 궁남지, 전주 덕진공원, 무안 백련지, 양평 세미원 등의 홍련이나 백련을 생각하면 가슴이 아려온다. 연꽃의 오묘한 색감과 형태는 존재의 뒤편에 깃든 초월의 세계에 대한 신비로운 영상미를 지니고 있다. 또 가을에는 코스모스…….

이 아름다운 꽃 세상 만들어주신 분 누구신가.

아름다운 벗 선우경식

영등포 역전에서 문래동 방향으로 1킬로미터 정도 우중충한 집들이 있는 거리는 오래된 빈민촌이다. 아니 좀 더 정확히 말하자면 창녀촌이고 사창굴이다. 요셉의원은 이 거리 한가운데에 있다. 이곳은 오래전부터 미성년자 출입 제한 구역일 뿐 아니라 어두워지면 어른들도 함부로 드나들기 거북한 곳이다. 포주와 펨푸들이 서성거리면서 지나가는 남자들의 옷소매를 끌어 잡아당기는 곳이고, 빈민과 불량배와 창녀들이 행인을 괴롭히는 곳이다. 그 한가운데 먼지 많고 좁은 골목길을 들어가면 요셉의원이라는 간판을 단 평범한 이층 건물이 있다.

여기서 노숙자들과 무의탁 빈민들과 알코올 중독자들을 치료하는 자선병원인 요셉의원을 운영하던 선우경식 원장이 세상을 떠난 지

벌써 10여 년이 지났다. 선우경식 원장은 내 고등학교 동창이기도 하고 가까운 가톨릭 신자들의 모임인 '한빛회' 회원이기도 해서 자주 만날 기회가 있었다.

가톨릭의대를 나와 미국 유학도 마친 그는 촉망받는 젊은 의사로서 가톨릭대학 부속 성모병원에서 일하였다. 그러나 1980년대 초반 신림동 철거민촌 의료 봉사를 계기로 가난한 사람들을 위한 의료 봉사에 투신하기로 결심한 후, 1987년 여름부터 영등포역 근처 쪽방촌에 요셉의원을 열고 노숙자 및 행려병자들을 위해 의술을 베풀었다. 개업해서 수입이 괜찮은 의사로 살아갈 수도 있고 종합병원에서 연구와 임상치료에 전념할 수도 있었건만, 남들이 부러워하는 그런 삶을 마다하고 생활보호대상자에도 끼이지 못하는 행려병자와 무의탁 빈민들을 무료로 치료하는 자선병원을 운영한 것이었다.

요셉의원은 헐벗고 외롭고 병든 나그네들의 쉼터가 되었고 가난하고 못 배우고 삶에 지친 사람들이 치료받고 위로받고 다시 살아갈 희망을 얻는 곳이 되었다. 선우경식 원장의 뜻을 따르는 동료, 후배 의사들이 자원하여 진료를 도왔고, 수많은 자원봉사자들이 병원 운영을 도왔다. 이 병원에서는 설립 후 선우 원장이 타계하기까지 20여 년 동안 연인원 40만 명에 이르는 환자들을 진료하였다. 그는 단순히 가난한 사람들을 치료해주는 것만으로는 그들의 삶을 바꿀 수 없다는 것을 깨달아, 그들에게 재활의 터전을 마련해주려고 백방으로 노력하였다.

내가 선우 원장을 좋아했던 것은 그가 남다른 신앙을 하기 때문이 아니라 늘 미소를 띤 얼굴로 잔잔하고 조용하게 말하며, 따뜻하고 온유하게 사람을 대하고, 행동에 가식이 없이 진실하기 때문이었다. 그에게서 들은 잊히지 않는 이야기가 있다. 알코올 중독자인 노숙자가 있었는데, 병원에서 치료해서 내보내면 다시 술 마시고 병이 악화되어 찾아오기를 세 번씩이나 한 끝에 이 사람은 몸의 병이 문제가 아니라 마음의 병이 문제라는 결론을 얻어 정신과 치료를 받게 하였다는 이야기였다. 또 그렇게 몇 번씩이나 다시 찾아와서는 조금도 미안한 기색 없이 오히려 큰소리를 치는데, 행패를 부리지 못하도록 병원의 직원들이 야단을 칠 때 선우 원장은 "그냥 내버려두시오. 그 사람이 여기 아니면 어디 가서 큰소리를 쳐볼 수 있겠소." 하고 만류하였다는 이야기였다.

그렇다. 대부분의 경우 몸의 병은 마음에서 온다. 자포자기한 삶, 희망을 버린 삶, 악습과 타성에 젖은 삶을 치료하지 않고 육체적 질병만을 아무리 치료해보았자 사람이 근본적으로 바뀌기는 어려운 일이다. 아울러 빈곤과 절망, 좌절과 억눌림에 찌든 사람에게는 어딘가에서 마음 놓고 큰소리쳐볼 기회라도 있어야 하지 않을까. 나는 선우 원장의 치료 방식에 공감하면서, 이것이야말로 그리스도적 삶의 실천이라는 생각을 하였다. 억눌린 이의 위로가 되시는 분, 육체를 다

존재의 향기

스리는 정신의 깊은 곳에 깃든 혼의 신성함을 일깨우시는 분, 절망을 버리고 희망을 갖게 하시는 분, 우리의 헛되고 어리석은 하소연을 말 없이 들어주시는 분의 뜻을 행동으로 실천하는 사람이 선우 원장이 었다.

결혼도 하지 않고 연애도 하지 않고 평생 독신으로 살면서 의료 봉사에 몸 바치던 그는 안타깝게도 예순셋의 나이에 하늘나라로 떠나 갔다. 자신이 의사이면서도 몸속에 위암이 자라고 있었던 것은 돌보지 않기 때문이다. 임종을 앞둔 중환자실에서 가쁜 숨을 몰아쉬던 그의 영혼이 편히 쉬도록 기도했던 생각을 하면 가슴이 멘다.

국가나 사회, 교회 등의 제도권에 얽매이지 않고 진정 가난한 사람들이 원하는 것을 찾아 도움을 주려 했던 그가 떠난 후 남은 빈자리가 너무 허전하다. 나는 마음 깊은 곳에서 우러나는 존경심으로 생전의 가까웠던 벗 선우경식을 추모한다.

그는 가난한 사람들을 가끔씩 도와주는 부자가 아니었다. 가난한 사람들과 함께 지내면서 그들의 눈물을 닦아주었던 사람이었다. "가난한 환자는 내게 선물이었다."는 말은 그의 삶의 철학이었다. 가난해졌는데 오히려 아름다워지기란 쉬운 일이 아니다. 물질적 풍요와 사회적 명성을 지닐 수 있었음에도 스스로 가난해지려 하고 가난한 사람들과 함께 어울리고 그들을 위로하며 도와주는 일에 일생을 바치기란 더더욱 쉬운 일이 아니다. 그런 사람을 가까운 벗으로 두었다는 생각은 헛된 욕망에 가득 찬 내 삶을 돌아보게 하는 계기가 된다.

선우경식의 생애는 아름다운 기난이었다. 이름다운 기난 안에는 자유가 있다. 휴식과 위안이 있다. 세상을 초월하는 영적인 기쁨이 있고 더러운 욕심을 정화시키는 진정한 평화가 있다.

기적에 대하여

어둠이 깃들어가는 이집트의 사막 한가운데 곧게 뚫린 아스팔트 길을 달려서 버스는 카이로를 향하고 있었다. 사막의 겨울밤은 보는 사람을 지치게 하는 지루함을 지니고 있었고, 두 주일에 걸친 성지순례의 마지막 저녁, 우리 일행 20여 명은 노곤한 피로감과 풀어진 긴장감 속에 가벼운 졸음에 빠져들고 있었다. 내일이면 한국으로 돌아가는 비행기에 몸을 싣는다는 생각이 주는 안온한 평화와 휴식의 기분도 일행을 지배하고 있었다.

이집트 룩소르의 투탕카멘 묘와 왕들의 계곡, 카이로 인근의 아기 예수 피난 성당, 요르단의 페트라, 이스라엘 가까운 느보산에 있는 모세 기념 성당 마당에 세워진 구리 뱀 조각, 삭막한 시나이 사막과 광야, 시나이산에서의 일출과 성 카타리나 수도원의 전경, 예수님이 세례 받은 곳이라고 전해지는 요르단강 기슭, 갈릴리 바닷가에서의 폭풍우 치는 밤, 나사렛 마을과 가나 마을의 순례, 산상설교 기념 성당, 성스러운 변모를 보여주신 곳을 기념하는 성당, 예루살렘의 예수 수난과 부활 성당, 그리고 팔레스타인 자치구 안에 위치한 베들레헴의 예수 탄생 성당까지…… 나는 이번 여행의 수많은 답사지와 순례지를 떠올리면서 인간의 역사 속에 생생한 현실로 존재하였던 현장을 눈으로 보고 발로 밟아보았다는 사실은 한 사람의 삶에서 특별한 의미가 있다는 생각을 하고 있었다.

그때, 빠른 속도로 힘차게 달리던 버스가 갑자기 휘청거리는가 싶더니 추월하려던 앞차를 스쳐 길 밖으로 튕겨져 나갔다. 아마 5초도 안 되는 짧은 시간이었으리라. 쓰러질 듯, 중심을 잃은 버스는 길가에 있는 가로등을 들이받고 옆구리가 찢어진 채 멈추어 섰다. '아악' 하는 비명 소리와 공포감, 바닥을 굴러가는 누군가의 여행가방, 그리고 앞좌석 등받이를 본능적으로 부여안은 차 안의 사람들…… 사고는 아무도 예상치 못한 시간과 장소에서 일어났다.

사고를 수습하는 동안, 차에서 내린 일행은 놀란 가슴을 쓸어내리며 크게 다친 사람이 아무도 없는 것에 크게 안도하였다. 다른 버스에 옮겨 탄 후 우리 일행의 인솔자는 이 사고야말로 이번 순례의 하이라이트라는 말로 일행을 위안하였다. 그렇다. 이 사고야말로 이번 여행의 하이라이트며, 기적에 대하여 실감하게 한 사건이 아닌가. 몇 사람이라도 다쳐서 피를 흘리고 어딘가 부러지고 깨어졌다면 이번 여행은 아마도 끔찍한 기억으로 남았을 것이다.

누군가 "틀림없이 성모님이 지켜주셨을 거예요."라고 하는 말이 들렸다. 또 누군가 "성모님이 지켜주셨으면 사고 자체가 일어나지 않았을지 모르지요."라고 하는 말도 들렸다. 어쨌든 이번 일은 모두에게 기적에 대하여 생각하게 하는 화두가 되었다. 사고가 없는 것이 정상이고, 정상적인 것은 모두 기적이라는 이 단순한 진리를 우리는 잊고 사는 것은 아닐까. 일 년 365일 중에 사고가 있었던 하루의 일화에서 기적을 찾으려 하지 말고, 사고가 없었던 364일의 평범한 일상에서 기적을 느껴야 할 것이다.

기쁨의 깊이

여러 해 전 교환교수로 미국에 가 있는 동안 자동차로 대륙 횡단 여행을 한 적이 있었다. 켄터키주의 바즈타운에 있는, 오래된 트라피스트 수도원인 '겟세마니 수도원'에 들른 것은 저녁 늦은 시각이었다. 초원에 둘러싸인 외진 언덕에 있는 이 수도원에 당도했을 때는 하늘은 잔뜩 찌푸렸고 금방이라도 비 쏟아질 듯 컴컴한 날씨였다. 나는 마치 옛이야기에 나오는 순례객이라도 된 듯한 기분으로 문을 두들기고 지나가는 나그네인데 하룻밤 재워달라고 청해보았다.

빈방이 없어 하룻밤 묵어 가려던 계획은 이루지 못했지만, 묵상과 성체조배를 위해 성당으로 안내하는 늙은 수사의 얼굴에는 평화의 미소가 가득하였다. 욕심 없는 마음으로 삶을 기쁘게 받아들이는 순

존재의 향기

종과 겸허, 그 속에서 자유를 누리는 모습은 감추려야 감출 수도 없고 일부러 만들어 지으려야 지을 수도 없는 것이라는 느낌을 주었다. 소박하고 검소한 성당에는 회랑 느낌의 좁고 긴 공간 저편에 작은 제단이 있고, 희고 높은 벽에 세로로 긴 창들이 나 있었다. 빛을 과하게 수용하지 않으려는 듯, 전면에는 세로로 긴 서향 창만 둘이 있을 뿐이었다.

어둠이 안개처럼 밀려와 기도하는 사람 몇을 감싸고 있었다. 나는 무릎을 꿇은 채 등 뒤로 두 손을 모으고 오래 묵상하는 한 남자를 보면서 가끔 어깨가 조금씩 떨리고 있는 것을 느꼈다. 나는 그 남자가 자신의 내면에서 끓어오르는 삶의 기쁨에 울고 있는지도 모른다는 생각이 들었다. 아름다운 평화는 이처럼 현실로부터 한 발짝 물러나 삶의 전체를 은총의 신비로 받아들일 때 이루어진다는 생각을 하면서 오래 어둠 속에 앉아 있었다.

뇌성번개와 함께 폭우 쏟아지는 밤을 외진 모텔에서 보내고 난 이튿날 아침은 눈부시게 청명하였다. 마침 일요일 아침이어서 주일미사에 참예하는 기분은 아주 청량하였다. 성당의 중앙 통로를 마주하고 나이 지긋한 수사들이 주고받는 그레고리안 성가는 침착하고 잔잔하였다.

그런데 미사 중 옆 사람과 인사를 나누는 때에 내게 환한 미소를 지으며 악수를 청하는 사람은 어제 저녁 성당에서 어깨를 가볍게 들

썩이며 울음을 참던 남자가 아닌가. 그 얼굴에 퍼진 기쁨과 평화, 온유와 감사의 표정에서 나는 진정한 행복감이 주는 생의 평화를 보았다. 그것은 고요한 명상 끝에 얻어진 온유와 평온이며 위대한 힘의 축복에 자신을 내어 맡긴 사람의 감격에 넘친 표정이었다.

누굴까. 그 품 안에서 기쁨의 눈물 차오르게 하고, 저처럼 깊은 평화와 행복 넘치게 하는 분이. 누굴까. 기쁨에도 등급이 있다면, 영원히 썩지 않을 최상급의 기쁨을 베풀어주시는 분이⋯⋯.

존재의 향기

무서운 세상

우리나라 연구진이 개를 복제하는 데 성공하였다고 온 나라가 떠들썩하다. 호주의 과학자가 '돌리'라는 이름의 양을 복제하는 데 성공하였다는 외신이 화제에 오르내리던 것이 불과 얼마 전인데 이젠 개를 복제하는 기술에까지 이른 것이다. 개는 사람과 가장 가까운 동물 중의 하나이다. 사회적으로나 정서적으로 가까울 뿐 아니라, 생물학적으로도 사람에 가까운 동물이다. 어떤 사람은 개가 어느 정도의 지능이 있다고 하고, 어떤 사람은 개와 사람이 의사소통할 수 있다고 하고, 심지어 어떤 사람은 개에게는 혼이 있다고도 말한다.

지능이야 동물 가운데서는 돼지도 높고 돌고래도 높다고 하지만, 개는 인간이 지닌 질병과 유사한 질병들을 갖고 있는 동물이라는 점에서 특히 인간에 가깝다. 그런 점에서는 원숭이와 개가 인간에 가장 가까운 동물인 셈이다. 인간에 가까운 동물이 복제가 가능하다면 인간의 질병 치료를 위하여 동물을 활용할 날이 오지 않을까 하는 희망이 가능해진다. 그런 개를 인간이 복제하는 날이 왔으니 놀라운 일이고 흥분되는 일이 아닌가. 더욱이 우리나라의 과학기술이 그것을 이루어냈으니 한국인의 자부심을 이야기해도 좋을 때가 되었다.

그런데 이 역사적인 사건을 앞에 두고 마냥 기뻐하고 들떠 있어도 좋을 것인가 하는 생각이 드는 것은 무엇 때문일까. 고등동물을 복제하는 일이 가능하다면 언젠가는 인간을 복제하는 일도 가능할 것이라는 상상을 하면 등골이 오싹해지지 않는가. 문명과 과학의 발달은 그 자체의 내적인 동력을 지니고 있어서 가속도가 붙기 마련이고 언젠가는 인간이 통어할 수 없는 상태로까지 발전할지 모른다. 아무리 선한 목적으로 출발하였더라도 본래의 의도를 벗어나는 사건이 생기지 말라는 법이 없다.

인간 생명을 창조하는 일은 하느님의 영역이다. 배아줄기세포를 사용하느냐 성체줄기세포를 사용하느냐의 문제는 차라리 부차적인 것이다. 하느님의 영역인 생명 창조에 인간이 간여한다면 하느님의 영역인 생명 소멸에도 인간이 간여하게 될 것이고 결국 인간이 누리는 상대가치 안에 생명 창조와 소멸까지를 포함시키는 날이 올 것이다. 두려운 것은 세상에서 절대가치를 인정하지 않으려는 풍조가 만

연해지는 일이며, 물질적 교환가치 안에 생명의 창조와 소멸까지를 포함시키는 사고가 가능해지는 일이다. 신성한 것이 사라진 지상에서 인간은 두려울 것이 없어지고 끝없는 오만과 무제한의 자유가 지배할 것이다. 인간의 내면에 있는 악마적 탐욕은 무엇으로 다스릴 것인가.

이 끝없는 문명과 과학의 가속도를 어떻게 조절할 것인가. 인간이 감히 인간 이상의 영역을 넘보려는 욕망은 누가 다스릴 것인가. 지상에 신성하고 아름다운 일이 충만하려면 인간이 두려움과 외경심을 잃지 않아야 한다. 인간이 하는 모든 일이 선한 목적을 위해 쓰여지려면 인간의 능력이 유한한 것임을 깨달아야 한다.

양심의 울림

얼마 전 TV 방송을 보다 드물게 양심적인 사람을 발견하고 잠깐 생각에 잠겼던 적이 있다. 방송은 〈착한 식당〉이라는 제목이었는데 식재료의 원산지 표기를 정확히 지키면서 인공조미료를 전혀 쓰지 않고 전통적인 방식으로 조리하는 식당을 찾아 인증서를 주는 내용의 프로그램이었다. 이즈음은 삶에 여유가 생겨서인지 건강에 좋은 친환경 음식 재료를 사용하고 전통적 조리법을 찾는 미식가들이 많아졌고, 이에 따라 토속적이고 전통적인 음식을 파는 식당도 많아졌다. 그러나 대부분의 식당들은 그들이 내세우는 친환경 식단과 실제로 손님 앞에 내놓는 음식이 같지 않은 경우가 비일비재하다.

토종닭이라고 내놓는 것은 살찐 육계이고, 영광굴비라는 것은 중국산 조기에다 누런 물감 칠한 것이고, 전복죽이나 해삼탕에 들어가는 해삼은 중국에서 수입한 말린 해삼을, 중량을 불리기 위해 가성소다(양잿물) 탄 물에 며칠 푹 담갔다 꺼낸 것이라는 사실을 알고 보면 세상이 무서워지지 않을 수 없다. 농약 묻은 채소와 과일을 먹고 사는 일은 이제 우리네 일상사가 되었고 식당 메뉴판에 쓰여 있는 생선이나 육류의 원산지 표기를 믿기 어렵게 되었다.

이런 세태이니 방송국이라 해서 양심적이고 착한 식당을 찾는 일이 쉽지는 않았을 것이다. 여러 군데 비슷한 토속음식점을 찾아 주방을 점검하고 주인과 인터뷰하고 한 끝에 마침내 어느 토종닭 백숙 전문점을 찾아낸 방송국에서는 주인에게 '착한 식당'이라는 인증서가 새겨진 동판을 제공하겠다고 말했다. 그런데 뜻밖에도 그 식당의 주인은 인증서 받기를 정중히 거절하는 것이 아닌가? 자기 집 뜰에서 사육한 토종닭을 자기네 텃밭에서 기른 채소와 함께 손님에게 내놓는 일은 자기네 식당을 찾아온 손님에게 음식을 정성껏 대접하는 성의이며 돈 받고 음식 파는 일의 원칙일 뿐 조금도 착한 일이 아니라는 것이다.

더욱이 이런 인증서를 방송국에서 받았다고 간판 밑에 걸어놓으면 자연히 손님들이 몰려들 것이고, 그리 되면 지금 내놓는 식재료의 물량이 모자랄 터이니 어쩔 수 없이 시장이나 마트에서 파는 닭이나 채소를 사다 쓰게 될 것이 아니냐는 것이다. '착한 식당'이라는 간판이

명예롭기는 하겠지만, 그것 때문에 착한 식당이 못 될 것이 눈에 뻔하지 않느냐는 것이다. 돈을 더 벌어야겠다는 유혹에 안 넘어갈 자신이 없으니 차라리 유혹의 원천인 명예를 포기하겠다는 것이었다.

그런 일은 자신의 양심을 속이는 일이 될 뿐 아니라, 자기네 식당을 믿고 찾아준 손님들까지 속이는 일이 될 터이니 돈 더 벌고 마음 괴로운 것보다 돈 덜 벌고 양심 편한 것이 낫겠다는 것이었다. 유명한 음식점 골목에 가면 저마다 무슨 원조집이니, 방송에 출연한 집이니 하고 경쟁하듯 써 붙여놓는 판에 '착한 식당' 인증서 받기를 거절하는 이 식당 주인의 말은 감동적이었다. 양심의 울림에 따르는 일은 자기 자신과 손님에 대한 신뢰와 약속을 지키는 일에 국한되지 않는다. 하느님 앞에서 떳떳하게 사는 일이기 때문에 더욱 중요하다.

존재의 향기

수치와 염치와 예의

입으로는 정의와 공정과 평등을 부르짖으면서 타인을 단죄하던 자가 뒤로는 불의와 불공정과 불평등을 조장하여 사적인 이익을 취하는 모습이 밝혀졌을 때 세상은 그를 위선자라고 한다. 위선자라도 자신의 행동이 위선이라는 것이 밝혀지면 부끄러움을 느낀다. 그게 사람이다. 맹자는 의롭지 못함을 부끄러워하고 착하지 못함을 미워하는 마음(수오지심 羞惡之心)이 없으면 사람이 아니라고 하였다.

사람이라면 마땅히 부끄러운 처신을 하지는 않았는지 스스로를 돌아보며 반성하여야 하고, 예의와 염치가 있어야 한다. 개는 아무 데서나 똥오줌을 누지만 사람은 그렇게 하지 않는다. 개는 부끄러움을 모르고 사람은 부끄러움을 알기 때문이다. 돼지는 내 것, 남의 것 가리지 않고 먹지만 사람은 그렇게 하지 않는다. 사람에게는 염치가 있기 때문이다. 동물은 타자에 대한 배려 없이 자기 이익에만 몰두하지만 사람은 그렇게 하지 않는다. 사람에게는 예의가 있기 때문이다.

사람에게는 양심이 있으므로 정직이 거짓보다 옳고, 타인에 대한 배려가 독식(獨食)보다 옳고, 전체주의적 폭력이나 억압보다 개인의 자유가 존중되는 공동선을 추구하는 사회가 옳다는 것을 안다. 이걸 모르는 사람은 양심이 마비된 사람이고, 알면서 거짓된 행동을 하는 사람은 위선자다. 위선자임이 밝혀졌는데도 당당하다면 뻔뻔한 사람이다. 뻔뻔한 사람은 곧 드러날 사실을 임기응변식 변명과 허황된 말로 가릴 수 있다고 생각한다. 바보가 아닐 수 없다. 바보가 아니라면 목적을 위해 수단을 가리지 않는 교활한 사기꾼이다. 바보나 사기꾼이 힘을 지니면 자신을 타락시키고 사회를 병들게 한다.

하이에나는 자기 패거리의 이익을 위해서 무조건 뭉친다. 뭉쳐서 상대를 물어뜯어 죽이고 그 살점을 나눠 먹는다. 그것이 그들의 생존 방식이고, 정의고, 선이다. 수치나 염치나 예의 따위는 안중에 없다. 오직 싸워서 이기는 일만이 지상과제다. 그러나 사람은 하이에나가 아니다. 자기 패거리에 속했을지라도 위선이나 불의나 불공정을 행한 자를 보면 꾸짖고 나무라며 바른길로 가도록 이끈다. 그렇게 하지 않는다면 사람답지 못한 것이다. 위선과 불법과 편법으로 불의를 행한 자를 옹호하는 집단은 양심이 마비된 집단이다.

존재의 향기

필자는 평생을 대학에서 교수 생활하고 은퇴하였지만 이즈음처럼 모욕감을 느낀 적이 없다. 학술 논문 한 편 쓰는 일이 얼마나 피 말리는 작업인데 아무나 저자라고 이름을 올려도 되나. 대학 입학 사정이 얼마나 공정하고 까다로운 일인데 입학 서류에 거짓 증명서를 첨부해도 되나. 학생이 수많은 외부 인턴 활동에 시간을 빼앗겼으면 자기 공부는 언제 하나. 유급생한테 공부 열심히 하라고 장학금을 주나. 학사경고장을 주어야지. 공공기관의 컴퓨터를 멋대로 집에 가져가서 식구들이 썼다는 말을 변명이라고 하나. 대학이 사기꾼 집단이 아니라면, 학문의 상아탑을 더럽히는 사람이 있으면 마땅히 내쫓아야 한다.

이런 일이 생긴 것을 부끄러워하고 징벌하고 고치기는커녕, 그 주인공이 승승장구한다면 그런 사회에는 희망이 없다. 수치도 염치도 예의도 모르는 사회에는 희망이 없기 때문이다. 수치도 염치도 예의도 모르는 사람과 그를 옹호하는 사람들에게는 희망이 없다. 우격다짐으로 잠깐 모면하면 될 것으로 생각하겠지만 하늘이 알고 땅이 알고 자기는 안다. 아니 온 세상이 안다. 온 세상이 아는 일을 무조건 "아니다, 모른다."라고 하면 될 것으로 생각하니 참으로 어리석다.

수치와 염치와 예의

사람에게 비는 하느님

　　　　　　　　　루이 에블리 신부가 지은 『사람에게
비는 하느님』이라는 책을 읽은 기억이 오래 뇌리에 각인되어 있다.
사람에게 비는 하느님이라니! 놀랍고도 역설적인 타이틀을 지닌 이
책에서 받은 충격과 감동은 가히 통쾌한 깨달음의 경지에 견줄 만한
것이었다. 처음 읽은 지 수십 년이나 지난 지금도 이 책의 내용은 변
함없이 새롭고 감격적이다.

　사람들이 하느님께 기도하면 하느님은 사람들이 바치는 기도의 절
실하고 간절한 정도에 따라 응답해주시는 것일까. 기도는 의무인가,
자유인가. 예수께서 몸으로 실천해 보이신 것은 권위와 전통, 인습
과 제도의 굴레를 벗고 사랑의 참모습을 회복하려는 것이 아니었던
가. 역사의 흔적에 깊게 침윤되어 있는 교회와 제도권의 가르침에 피

동적으로 순응하기만 하는 신자들은 사랑의 참모습에 대하여 얼마나 깊이 실감하고 있는 것일까. 신앙에 대하여 이런 종류의 회의와 불만을 가진 신자라면 이 책을 읽어야 한다. 회의가 자라 불만이 되고 불만이 자라 무기력이 되기 전에 이 책을 읽어 명쾌한 해답을 얻을 것을 권한다.

사람에게 비는 하느님, 사람에게 호소하시는 하느님, 사람을 기다리시는 하느님을 생각해보자. 저자 루이 에블리 신부는 "들어 허락되는 유일한 기도는 사람들이 하느님께 바치는 기도가 아니라, 하느님께서 사람들에게 하시는 기도다."라고 말한다. 소원을 빌고 하느님께서 응답해주시기를 바라는 우리의 태도는 하느님을 변경시키려는 터무니없는 시도이다. 하느님과의 관계에 있어 개선해야 할 쪽은 우리 자신이며, 하느님을 설득하고 개선시키려 든다면 우리는 이미 무신론자가 되어 있다는 것이다.

기도란 하느님께 무엇을 구하고자 간청하는 것이 아니라 하느님께서 우리에게 주시고자 원하는 것을 받아들이는 것일 뿐이라는 것이다. 따라서 기도는 모두 하느님께 대한 감사의 행위이며, 하느님께서 말씀해 오심을 듣지 못했다면 그것은 당신 자신이 하느님의 말씀에 귀를 기울이고 있지 않았기 때문이라는 것이다.

저자가 이 책에서 이야기하는 것은 기도의 방법이나 형식에 관한 것이 아니라 나와 하느님과의 관계에 관한 것이다. 자식을 키워본 사람은 안다. 부모를 사랑하라고 자식에게 의무를 지워주고 말 잘 듣지 않으면 빌주려고 버르는 부모는 없다. 이유 없이, 무조건 사랑할 뿐이다. 하느님과 나의 관계도 이런 것이 아닐까.

하느님은 왜 나 같은 하찮은 존재를 삶의 고비마다 구해주셨을까. 하느님은 왜 착한 일 한 것 하나도 없는 나 같은 사람을 축복해주시어 큰 죄 짓지 않고 여기까지 오게 하셨을까. 나는 이 책에서 해답을 발견하였다. "하느님은 유일한 거처만을 가지신다. 그것은 당신이다." 그렇다. 하느님이 나를 위하여 빌고 계셨으므로 내 삶이 그분의 거처가 된 것이다.

존재의 향기

품격에 관하여

　　　　　　　　　　날로 탁해지고 천해지고 경박해지
는 세태는 어제오늘의 일이 아니지만 이즈음은 그 정도가 너무 심해
이러다가 우리 사는 사회의 마지막 날이 올까 봐 두려운 느낌이 든
다. 음식점에서건 지하철에서건 가리지 않고 목청껏 떠들어대는 휴
대폰 통화 소리에 귀가 따갑고, 사람 많은 지하철이나 대로변에서 남
의 이목을 두려워하지 않고 남녀 간에 비비적대는 젊은이들 때문에
눈 둘 데가 없고, 영화관에서 상영하는 상업적 영화뿐 아니라 안방의
TV 드라마에서도 넘쳐나는 것은 폭력과 섹스와 상소리와 패륜에 관
련되는 내용이어서 마음 놓고 식구들끼리 텔레비전도 보기 어려운
세상이 되었다. 인터넷에 넘쳐나는 정체불명의 외계어들과 자극적인
댓글들은 제 얼굴과 이름을 가린 익명성 속에서 날로 번성해가고, 주

먹질까지 난무하는 국회의원들의 싸움판에서는 시정잡배들도 입에 담기 민망한 막말이 오간다. 하기야 지난번 대통령 입에서는 '쪽팔린다', '조진다', '떡됐다'라든지 '깽판' 같은 말들이 거침없이 튀어나왔으니 젊은이나 아이들이 어디서 무얼 배웠을 것인가.

신성해야 할 결혼식에 축복해주러 온 하객들 앞에서 신랑이 신부를 두 팔로 번쩍 안고 '땡 잡았다' 하고 세 번이나 외치는 것을 본 일이 있다. 사람들은 그저 젊은이들의 즐거운 이벤트려니 생각하는 모양이었지만 보기에 따라서는 차마 민망하다 못해 불유쾌한 장면일 수도 있다는 생각이 들었다. 땡 잡았다니? 그럼 결혼식장이 노름판이고 신랑 신부는 노름꾼이란 말인가? 존경과 사랑으로 엄숙하고 위엄이 넘쳐야 할 인생의 새 출발을 시끄러운 술집에서 친구들끼리 시시덕거리는 장난쯤으로 여기는 풍조는 분명 잘못된 것이다. 하기야 이즈음 젊은 세대의 문학작품에서는 우아하고 아름다운 말이나 이미지는커녕 비속어와 욕설과 그로테스크한 이미지들이 주도하는 세태가 된 지 오래고, 변태적 성애를 묘사하거나 비정상적으로 파괴된 인간관계를 다루는 것이 보편화되었다.

이처럼 교양 없는 사회나 세태를 만든 상상력의 방향이 기성의 권위에 대한 도전이거나 자유로운 인간성의 해방과 연관된 것이라는 점을 인정한다 하더라도, 상식적으로 지켜야 될 예의나 품위의 기준을 넘어섰다는 것은 분명 올바른 세태는 아니다. 사회의 품격은 최소한의 교양의 정신을 바탕에 깔고 있어야 한다. 배운 것 없고 막 나가는 사람들의 거칠고 천하고 무잡한 말과 행동이 거리낌 없이 판치는 세상에서는 너 죽고 나 죽자는 식의 이판사판 사고방식이 남아 있을 따름이다.

교양의 정신은 부끄러움을 느끼는 태도에서 비롯된다. 자신을 돌아보니 아는 것이 너무 모자라 부끄럽고 행동이 신중하지 못해 부끄럽고 남을 배려하지 못해서 부끄럽다는 반성이 있을 때 말과 행동에서 상대방에 대한 존중과 배려가 싹트는 것이다. 교양의 정신은, 그러므로, 고독의 정신과 상통한다. 조용한 곳에 물러나 자신의 내면을 들여다보는 시간, 우리는 진정한 자기성찰을 통하여 결점과 부덕과 불완전을 느낄 수 있기 때문이다. 교양의 정신은, 또한, 현세적 이익이나 실용적 가치를 벗어나는 태도에서 가능해진다. 돈이나 지위, 명예와 같은 현세적 만족에 몰두하여 있는 순간 인간을 지배하는 것은 이기심과 자기만족에 의한 허황된 행복일 뿐이다. 그러므로 인간이나 사회의 품격을 규정하는 것은 헛된 이기심을 얼마나 버릴 수 있느냐의 여부에 달려 있다고 말할 수 있다.

신앙에도 품격이 있다. 사회적 지위라든지 빈부의 차이라든지 지식의 수준이라든지 하는 것을 염두에 두고 하는 말이 아니다. 이기심과 현세적 행복과 자기만족만을 위한 신앙생활과 소외된 이웃을 사랑하고 보이지 않는 영원한 나라를 그리워하며 공동체 전체의 선을 위하여 기도하고 실천하는 삶을 사는 사람의 신앙생활은 품격의 차이가 있다. 눈앞의 집착을 버리고 절대적 가치를 찾아 혼을 불태우는 사람과 내 몸과 내 가정과 내 소유만 잘되도록 복을 달라고 비는 사람의 기도에는 분명 차이가 있다. 자신의 부족함과 불완전을 통찰하고 부끄러워하는 사람과 언젠가는 사라져버릴 현세적 이익에 매달리는 사람의 믿음에는 깊이와 넓이와 강도의 차이가 있다.

그 품격을 결정하는 첫 번째 기준은 진실성과 위선의 차이일 것이다. 아무도 보지 않는 곳에서 나와 홀로 만나주시는 하느님 앞에서 진정 진실한 삶을 살았다고 고백할 수 있는 사람이 얼마나 될까. 두 번째 기준은 간절함의 차이일 것이다. 나의 전 인격과 존재를 걸고 얼마나 철저하고 간절하게 그분과 만나기를 염원하였는가를 돌이켜볼 때 자신 있는 사람이 얼마나 될까. 마지막 기준은 아는 것을 행하였는가 알면서도 행하지 않았는가의 여부일 것이다.

생명과 죽음 사이에서

          지난가을, 공교롭게도 "생명과 죽음 사이에서"를 주제로 한 피정을 다녀온 지 사흘 만에 가까운 두 사람의 부음에 접하게 되었다. 어떻게 사는 것이 잘 사는 길이며 어떻게 죽는 것이 잘 죽는 길일까. 덧없는 지상의 생명 속에서 영원한 천상의 생명을 어떻게 준비해야 하는 것일까? 이처럼 심각한 화두를 마주하고 생명의 존재와 그 의미에 대하여 진지한 묵상의 시간을 보내고 온 뒤라 새삼 죽음 앞에 선 인간의 생명이 얼마나 허망한 것인가를 돌이켜보게 되었다.

  갑작스런 죽음을 맞이한 두 사람은 모두 60대 중반의 가톨릭 신자였고, 나의 대자(代子)들이었다. 한 사람은 은행에서 지점장으로 은퇴한 후 신앙생활에 몰두하여 본당에서 중요한 일을 하는 사람이고, 또

한 사람은 대학의 현직 교수인데 암으로 투병하다가 회생할 가망이 없는 단계에 이르러 영세를 받고 하느님나라로 갔다. 한 사람은 평소에 너무나 건강하여 늘 "대부님, 건강 조심하십시오."라는 말로 내 건강을 염려해주던 사람인데 어느 날 저녁 식사 후에 TV 뉴스를 보다 갑자기 심장마비로 세상을 떴고, 또 한 사람은 오래 투병하면서 영세 입교하라는 나의 권면에도 결단을 내리지 못하고 미루다가 병이 위중해지고 나서야 세례를 받고 죽음을 맞이하였다. 한 사람은 고통 없이 죽음을 맞이한 대신 준비할 시간이 없었고, 또 한 사람은 세례 받은 후 신앙생활을 제대로 누릴 시간이 없어 아쉬움을 남긴 채 저세상으로 갔다.

죽음 앞에서는 어떠한 가정도 무의미한 일이겠지만 나는 어떤 죽음이 더 나은 것일까 생각해보지 않을 수 없었다. 평소에 우리는 편안하게 잠들듯이 죽을 수 있다면 얼마나 좋을까 하는 말을 하기도 한다. 고통 없이 죽을 수 있다면 그보다 다행한 일이 없을 것이기는 하다. 그러나 과연 그럴까. 생명이 끝나는 가장 중요한 순간을 무의식 속에서 맞이한다는 것은 존재의 가장 절대적 순간을 우연이나 무의미에 내맡기는 일이 아닐까. 극심한 고통을 겪지 않을 수 있다면 축복받은 일이겠지만 아무 준비도 없이, 자기가 죽는 줄도 모르고 죽음을 맞이한다는 것은 허망한 일이다.

가끔 생의 마지막 순간에 세례를 받고 죽음을 맞이하는 사람은 세상의 허물을 다 씻고 천국으로 가니 행복할지 모르겠다는 생각이 들기도 한다. 죄 속에서 살다 죽는 것보다는 그편이 나을 것이기는 하다. 그러나 생명 존재가 누릴 수 있는 영원한 세상에 대한 기다림과 그리움, 기쁨과 희망을 체험해보지 못한다면 영혼이 깨끗해진들 벅찬 만족에 도달하기는 쉽지 않을 것이라는 생각도 든다. 살아서 천국을 경험해보지 못한다면 죽어서 만나는 그곳도 반쪽짜리 천국이 아닐까 하는 생각도 든다.

사람은 죽음을 면할 수 없는 존재이지만, 죽음을 대하는 태도를 결정할 수는 있다. 회한과 원망, 억울함과 불안 속에 다른 세상을 맞이하는 일은 없어야 하겠다. 평화롭고 자유로운 혼의 해방감 속에 저세상으로 건너가는 사람은 얼마나 축복받은 존재일 것인가. "나는 행복합니다. 여러분도 행복하십시오."라고 말하며 천국으로 건너가신 교황 요한 바오로 2세는 지상에서 완전한 평화와 해방을 이미 누렸으니 천국도 이곳과 별반 다르지 않으리라는 확신을 말씀하신 것이 아닐까.

조선 백자 달항아리 같았던 분

돌아가신 김수환 추기경을 조문하는 길고 긴 행렬은 우리 사회가 얼마나 참사랑을 갈구하고 있는가를 보여준 실례였다. 우리 주위에는 그분의 미소 띤 사진 한 장이나 겸허한 말 한 마디에서도 평화와 안정을 찾는 이들이 적지 않았다. 한 종교의 지도자였지만 종교를 넘어서는 말과 행동을 통해 사회 전체의 신망을 얻었고, 사회적 위기 앞에서 용단을 내리고 과감한 직언을 서슴지 않았으되 종교인으로서의 본분과 이상을 잃지 않은 분이었다. 진실로 약하고 가난한 사람들을 이해하고 사랑할 뿐 아니라, 자신의 꾸밈없는 인간미를 드러내 보여줄 줄 아는 이웃 사람으로 사신 분이었다.

김수환 추기경이 우리 현대사의 빛과 그늘 속에 뚜렷이 각인된 것

존재의 향기

은 1970년대의 유신독재와 1980년대의 신군부 시절 죽음을 두려워하지 않는 용기로 정의를 실천한 모습에서였다. 법과 정의를 부르짖은 구약 시대의 선지자와도 같은 행적에서 우리는 그분을 사회적 투사의 모습으로 이해하기 쉽다. 그러나 시대가 바뀌고 사회가 변하여도 그분이 여전히 우리에게 존경과 흠모의 대상으로 남아 있는 것은 입으로 부르짖고 몸으로 실천한 정의의 바탕에 인간에 대한 진실한 사랑과 연민이 깔려 있기 때문이었다. 범접하기 어려운 위엄과 권위를 지니면서도 가난하고 억울한 이웃에 대한 눈물과 동정, 희생과 헌신의 자세를 지녔기 때문에 그분은 종교적 초월과 희생을 통한 사랑의 실천자로 기억된다.

현실과 사회에 대한 신념과 종교적 초극의 자세를 조화롭게 양립시키기란 생각처럼 쉬운 일이 아니다. 자칫 종교의 이름으로 내세에서의 구원을 말하며 현실을 외면하거나, 정의의 이름으로 눈앞의 사소한 사건마다 간섭하고 핏대 올려 싸우려 드는 사람들 중 하나가 되기 쉽기 때문이다. 진정한 사랑이란 총칼 앞에 두려워 떠는 사람들 앞에서 몸을 던져 맞싸우되, 스스로 몸을 낮추어 가난하고 병들고 외로운 이들 속에 들어가 그들의 눈물을 닦아주는 일이다. 도시빈민사목위원회를 설치하여 행려병자와 장애인 등 빈민 속에 파고 들어가는 교회를 만들었는가 하면, 노동자와 농민, 핍박받는 지식인들의 대변자가 되기도 한 것은 그분의 공적이었다. 한국 가톨릭 교회가 바른 길로 향하도록 길잡이 역할을 한 그분의 모습은, 그래서 더욱 존경스럽나.

말년에는 스스로를 '혜화동 할아버지'라 부르면서 어린이와 젊은이의 벗이 되기도 하였고, 미소 짓는 당신 자화상을 가리켜 바보 같지 않느냐고 농담을 던지시던 분이기도 하였다. 생사의 경계에서도 "수녀, 나 살아났다."고 큰 소리로 웃으시던 분은 마지막까지도 자신의 눈을 남에게 주고 하늘나라로 건너가셨다. 하늘나라에 계신 분들도 그분과 함께라면 외롭지 않을 것이다.

같은 하늘 아래 함께 살아 숨 쉬고 있다는 것만으로도 위안이 되고 축복이 되시던 분—조선 백자 달항아리처럼 정갈하고 넉넉하고 따뜻한 인간의 향기를 지니셨던 분, 그분이 이제 더 이상 우리 곁에 머무르지 않으신다는 아쉬움과 안타까움이 그 추운 날씨에도 끝없이 이어지는 긴 조문 행렬을 만들게 하였을 것이다. 그 행렬의 끝자락에서 나는 새삼 깨닫는다. 사랑이란 주는 것도 받는 것도 아닌, 존재 그 자체라는 것을.

존재의 향기

2

시와 교양의 정신

시와 교양의 정신

우리 시의 위기에 대하여 말하는 일은 새삼스러운 일이 아니다.

독자와의 언어적 소통이 차단된 시를 현대적 상상력의 소산이라 우기며 폐쇄적 자아도취에 빠져 있는 시인들이 있는가 하면, 깊이 없는 대중적 감성과 취향에 영합하여 천박한 상업주의에 몰두하고 있는 시인들이 있다. 한쪽에는 시를 사회운동의 수단으로 사용해야 한다는 사람들이 있고, 다른 쪽에는 시를 현실과 유리된 초월적 예술이라고 주장하는 시인들이 있다. 무잡한 상상력과 폭력적 언어가 시의 위엄이나 위의를 비웃는가 하면, 변태에 가까운 성적 유희나 노골적인 욕설, 음담이 시의 새로운 모습인 양 위장하고 있다. 시 쓰는 일의 존엄과 전문성이 사라진 자리에 아마추어리즘이 횡행하고, 인기에 영합하는 급 낮은 언어들이 자리를 차지해도 걱정하는 사람 없는 태평무심인 세상이다.

시인 되는 일이 너무나 쉬워 생업에서 은퇴하고 늘그막에 취미 생활로 시 쓰기를 시작한 사람들도 조금 있으면 아무 잡지에서나 등단 과정을 거쳤다 하고 시단에 얼굴을 내민다. 지하철 스크린 도어에 써 붙인 수많은 사이비 시들은 이미 시 공해가 된 지 오래다. 시인들의 모임인 문학 단체는 이해관계에 따라 이합집산을 일삼고, 이름을 거론하기도 벅찬 수많은 문학상들은 끼리끼리 나눠 먹는 풍조가 새로운 일이 아니다.

아집과 오만에 사로잡힌 시인들은 자기가 지닌 세계만이 절대적이라 말하면서 타인의 세계를 안정하지 않으려 하고, 여기 빌붙어 문단에서 알량한 이름 석 자를 유지해보려는 사람들은 맹목적 추종의 자세를 부끄러워하지 않는다. 문단에서 세력을 가진 잡지는 권력이 되었고, 시인의 이름은 이미 선비정신이나 교양인의 이름과는 먼 거리에 위치해 있다. 성적인 스캔들의 주인공도 시인이요, 금전적 문제를 일으키는 주인공도 시인이다. 거짓되고 속화되어 있으면서 말로는 정직과 초월을 내세우는 자가 시인이고, 집단 이기주의와 억지와 몰염치가 횡행하는 곳도 오늘날의 시인 사회다.

왜 이렇게 되었나. 타인의 글을 훔쳐다 쓰고도 어물어물 넘어가는 곳이 정직과 자존을 목숨보다 중히 여겨야 할 글 쓰는 사람들의 사회

시와 교양의 정신

라면 말이 되는가. 쉬쉬하고 넘어간 줄 알아도 아는 사람들은 다 아는 이런 부도덕한 몰염치가 발붙이고 설 자리가 없어야 한다. 시정잡배만도 못한 스캔들의 주인공이 시인 사회에 끼어 얼굴 들고 다닌대서야 말이 되는가.

천하고 불학무식한 자들과 시인이 구별되는 첫 번째 요건은 문화적 교양과 진실하고 정직한 자세다. 시인이 지녀야 할 문화적 교양의 토대는 우선 우리 문학과 인접 예술에 관해 넓고 깊은 이해가 있어야 한다는 것이다. 제대로 공부하지 않으면 반드시 표가 나기 마련이다. 한국 문학사의 흐름도 제대로 모르고 현대문학의 이론도 모른 채 문학잡지에 실린 이즈음 시와 평론만 읽고 그 흉내를 내어 모방하면서 어찌어찌 시인이란 이름을 얻은 사람들이 적지 않다. 이들은 늦게라도 자기 공부를 열심히 하여 부족함을 메우려 노력하기보다는 문학단체의 행사에 쫓아다니면서 시단이란 것도 별것 아니라는 태도를 보인다. 교양의 정신은 현실과 사물을 한 걸음 비켜서서 바라보는 고독한 초월의 자세에서 비롯된다. 모든 사람들이 동쪽으로 향할 때 왜 그쪽으로 가야 하는지 근본적인 질문을 하는 자세가 교양인의 자세다. 이 고독한 자세, 비현실적 태도가 시인의 자세며 특권이다. 그러므로 모든 사람들이 촛불을 들고 광장으로 나갈 때 왜 광장으로 나가야 하는지 반성적 태도로 성찰하고, 모든 사람들이 돈벌이에 미친 듯 몰두할 때 왜 돈을 벌어야 하는지에 대한 근원적인 질문을 던져야 하며, 모든 사람들이 오래 살겠다고 장수식품을 찾아 헤맬 때 왜 오래 살아야 하는지 본실적 이유를 묻는 태도를 지닌 자가 교양인이며 시인이다.

정직과 진실을 찾는 시인의 태도는 교양의 정신에서 비롯된다. 시인의 자존감과 자긍심도 교양의 정신에서 비롯된다. 상업주의의 세속성에 물들지 않고 대중의 인기에 영합하지 않는 초연한 태도를 지닐 수 있는 시인의 모습도 교양의 정신에 기인한 것이다. 자신이 추구하는 시적 경향에 대해 진지한 태도로 몰입하되 타인이 추구하는 시적 유형이나 경향을 인정하고 존중할 줄 아는 태도도 교양인의 태도다. 천하고 폭력적인 언어를 시에 사용할 때는 타당한 근거가 있어야 하며, 원본의 훼손, 권위의 부정, 문학적 양식의 파괴와 같은 포스트모더니즘의 시를 쓰고자 할 때는 이에 대한 이론적 근거를 지니고 진지하게 파고들어야 할 것이다.

가장 불행하고 못난 시인의 태도는 아류가 되는 일이다. 남 따라 하기, 흉내 내기, 모방하기를 일삼는 사람은 스스로를 시대의 트렌드에 발맞춘다고 여기겠지만, 실은 자기상실과 자기훼손에 앞장서는 사람일 뿐이다. 삼류만도 못한 것이 아류다. 못 쓴 시보다 모방한 시가 나쁘고, 모방한 시보다 일부라도 베낀 시가 더 나쁘다. 아류가 되지 않도록 스스로 경계하고, 고독한 자기만의 성을 쌓아 그 성주가 되고, 대중을 찾아다니지 않고 대중이 찾아오도록 하는 올바른 시인

시와 교양의 정신

의 자세는 교양의 자세와 연관된다.

　교양의 자세는 고독의 자세며, 초월의 자세다. 이것이 진정한 시인의 자세다. 오늘날 시의 위기는 독자의 문제가 아니다. 시인의 문제다. 시인의 문제 중에 가장 근본적인 것은 교양의 문제다.

　시 잡지는 시인의 문화적 교양에 관해 관심을 가져야 한다. 시 잡지의 편집이나 운영 방향은 시인과 독자의 문화적 교양을 함양하고 교양인의 정신과 태도를 고취하는 쪽으로 힘을 기울여야 한다. 시 잡지는 시인과 독자를 이어주는 소통의 매체며, 시인에게 봉사하고 독자에게 길잡이가 되어주는 역할을 담당해야 한다.

시와 초월에 대한 감수성

초월에 대한 감수성을 바탕으로 하지 않으면 깊이 있는 시를 쓸 수 없다. 눈앞에 보이는 세상 너머를 향한 동경과 향수가 없다면, 시 쓰는 일은 헛된 노동에 불과할 따름이다. 시 쓰는 일은 물고기가 하늘을 날고 싶어 하는 마음과 같다. 시는 보이지 않고 들리지 않고 설명할 수 없는 다른 세상에 관한 기록이다. 눈앞에 보이는 물질세계에만 사로잡혀 있는 사람은 초월에 대한 욕망이 없다. 눈앞에 보이는 것과는 다른 세상이 있음을 확신하는 태도, 그 다른 세상에 대한 꿈꾸기와 열망과 동경이 내 시의 원동력이다.

다른 세상에 대한 꿈꾸기는 현상적 존재 너머 신비로운 절대세계가 있음을 긍정하는 마음에서 비롯된다. 물질계를 넘어선 정신계, 육

시와 교양의 정신

체의 영역을 넘어선 영혼의 영역, 시간의 한계를 넘어선 영원의 지평에 대한 아득한 그리움이 내 시가 지향하는 궁극적 도달점이다. 이것은 단순한 이상주의자나 낭만주의자의 독백이거나 종교적 도그마에 사로잡힌 교조주의자의 태도는 아니다. 내가 그리고 싶어 하는 세계는 만물이 서로 교감하고 조응하는 신비에 가득 찬 영적 세계다. 내가 중세 신비주의 신학자 마이스터 엑카르트의 범재신론에 관심이 있는 것도 이런 연유에서다. 존재는 신성의 뿌리에서 뻗어 나온 가지요, 잎이며, 그림자다. 이러한 생각은 단순히 만물에 혼이 있다는 정령 숭배 사상을 뜻하는 것이 아니다. 만물에 깃든 신성이나 불성을 인정하는 태도는 만물을 존귀하고 성스러운 존재로 대하여야 한다는 생각에 연결된다.

현실과 사물을 한 걸음 비켜서서 바라보는 고독한 자세에서 초월에 대한 명상이 비롯된다. 초월에 대한 명상은 현실이나 현상을 비판적 시선으로 바라보게 한다. 초월에 대한 갈증을 지닌 사람만이 홀로 있음의 자유, 홀로 있음의 만족, 홀로 있음의 여유를 만끽할 수 있다. 고독을 사랑하며 고독 속에서 휴식과 평정과 안온한 너그러움을 느낄 때 자유롭고 여유로운 단독자로 존재할 수 있다. 자유롭고 너그러운 단독자는 신성한 존재를 향한 향수를 느낀다. 신성한 존재를 향한 길을 더듬어가면서 신적인 존재를 느끼며 신성한 존재를 표현할 말을 찾고 신성한 존재를 형상화하기 위한 언어의 집을 짓는다.

신성한 존재는 천상 세계에만 존재하는 것이 아니다. 생명 가진 모는 사물이 신성한 존재다. 모든 피조물은 절대 존재의 출산의 결과물이므로 마땅히 절대 존재와 동일한 신성을 나누어 가진다. 모든 생명 존재에서 귀함과 품격과 사랑스러움과 애틋함을 느끼게 되는 것은 이 때문이다. 신성이건 불성이건, 모든 존재는, 눈에 보이는 현상적 모습을 넘어서는 초월적 실체를 지니고 있다. 나의 시는 이 초월적 실체의 숨은 모습을 밝혀내어 형상화하려는 노력이다. 그런 의미에서 나의 시는 생명 시학의 범주에 든다고 말할 수 있다.

언어를 아끼고 공들여 다듬는 것은 시적 형상화의 결과물을 미학적 질서에 조응시키려는 목적 때문이다. 아름답고 고귀한 존재를 우아하고 세련되게 표현하고 싶다는 욕심을 지녔다는 점에서 나는 유미주의자라 할 수 있다. 살아 숨 쉬는 순간들의 고마움과 신비로움을 느낀다면 생명의 신비를 나누어준 세계와의 화해가 가능해진다. 부드러움과 유연함, 정결함과 청신함, 절제와 거리감 등이 내가 추구하는 시의 표현 방식이다. 나는 지상의 모든 아름다움은 그 바탕에 허무가 깔려 있음을 안다. 나는 지상의 모든 아름다움은 그 끝에 허무의 벼랑에 도달할 것임을 안다. 그러나 나는 또한, 허무에 도달하는 과정의 아름다움만이 진정한 가치를 지닌다는 사실도 알고 있다. 허무를 극복하는 유미주의자의 자세는 내 시를 이끌어가는 또 다른 원동력이다.

시와 교양의 정신

한국 시에 바란다

오늘의 한국 시는 좀 더 맑아지고 좀 더 깊어져야 한다. 무잡한 언어와 천박한 세속적 상상력을 현대적 감각의 소산인 것처럼 포장하는 것은 위선이다. 얄팍한 말초적 감성을 동원하여 대중적 인기에 영합하거나, 자신만의 골방에서 지껄이는 백일몽이나 헛소리가 모더니티의 첨단인 양 착각하는 것도 경계해야 한다.

독자와의 소통에 연연하여 시의 위의를 상실하는 것이나, 독자와의 소통을 포기하고 단절된 자아 속에 칩거하는 것 모두 시인을 위해서나 독자를 위해서나 바람직한 일이 못 된다. 한국문학에 대한 기본적인 지식이나 인접 예술이나 사회에 대한 진지한 성찰 없이 유행하는 시류에 편승하여 이름 석 자를 유지하려는 시인도 문제가 있고,

시대가 어찌 변하든 오불관언하고 수십 년 전 등단 무렵의 문학청년 식 발상에서 평생 벗어나지 못하는 시인도 문제가 있다.

시인이 고독을 모르고 시가 현실이나 생활에 함몰되어 있을 때, 시는 초월에 대하여 무관심해지게 마련이다. 고독의 자세는 초월의 자세다. 초월의 자세는 현상 세계 너머에 존재하는 근원적 세계를 향한 갈망과 탐구, 자아성찰과 반성의 자세다. 모든 사람이 물신주의의 노예가 되어 물질적 욕망에 사로잡혀 있을 때 비판적 시선으로 바라보는 사람이 시인이며, 모든 사람이 촛불을 들고 광장에 모여 함성을 지를 때 한 걸음 비켜서서 회의적 시선으로 성찰하는 사람이 시인이다. 현상적 인식을 극복하는 초월의 자세는 대상에 대한 일정한 거리감을 지닌다. 현대시의 미학적 거리감도 초월의 자세에서 비롯된다.

시의 품격과 위의 역시 초월의 자세에서 발현된다. 시인의 인격과 교양이 중요한 까닭도 여기에 있다. 진지하고 깊이 있는 사색의 궤적이 언어로 형상화되어 있는 시라야 감동을 준다. 포즈가 아닌 진실한 인간적 내면의 울림이 우러난 시라야 속물주의를 벗어날 수 있다. 다양한 삶의 체험과 존재의 의미에 대한 진정성 있는 메시지를 담은 시라야 진실한 감동을 주는 일이 가능해진다.

세상에는 두 종류의 시밖엔 없다. 좋은 시와 시시한 시다. 좋은 시는 창의적 상상력의 언어로 빚어지고 철학적 메시지를 담고 있다. 상투적 어법을 벗어나 진정성 있는 상상적 세계를 창조한 좋은 시를 쓰

시와 교양의 정신

기란 쉬운 일이 아니다. 시 쓰기의 어려움과 괴로움이 여기에 있다. 내면의 고통이 배어 있지 않은 시는 깊이가 없다. 내면적 고통을 통과한 작품을 생산할 때 시인은 비로소 존경의 대상이 된다. 시인의 자긍심이나 자존심도 여기서 비롯된다. 시인이기 때문에 존경의 대상이 되는 것이 아니라 좋은 시를 쓰는 시인이기 때문에 존경의 대상이 된다.

고독한 자세로 초월을 지향하는 지성과 교양을 갖춘 시인이 그립다. 물신주의와 속물주의를 혐오하는 맑고 깊은 혼의 울림을 드러내는 시인이 그립다. 존재의 근원적 모습에 대한 성찰을 바탕으로 문학적 성취를 이루기 위한 진지한 노력을 기울이는 시인이 그립다.

한국 시와 생명 사상

얼마 전 신문에서 동물 학대 재판에 대한 기사를 읽은 적이 있다. 고양이 두 마리를 죽였다고 징역 4개월을 선고한 판결에 관한 기사였다. 피고인은 하루는 집 없는 길고양이를 패 죽였고, 다음 날은 기르던 자기 집 고양이를 잡아 죽였다. 판사는 피고인의 범죄가 잔인하고 죄질이 불량하여 엄벌에 처한다고 하였다.

그런데 같은 지면에는 금년 겨울 날씨가 덜 추워서 얼음이 얼지 않아 강원도 화천에서 열릴 산천어 축제가 제대로 진행될지 염려스럽다는 기사가 실려 있었다. 나는 이해할 수가 없다. 수천, 수만 명의 사람들이 동시에 얼음판에 들어가 물고기를 잡아 죽이는 행위는 왜 정당하고 한 사람이 고양이 두 마리 죽인 행위는 왜 부당한가. 물고기를 좁은 곳에 가두어놓고 수많은 사람들이 낚시로 잡거나 물웅덩이에 모아놓고 마구 달려들어 맨손으로 잡아 패대기치는 행위를 축제라고 즐기는 행위가 더 나쁜 것이 아닐까. 이 축제 때문에 생태계가 파괴되고 환경이 오염된다는 것만이 문제가 아니다. 생명 지닌 생물체를 학대하고 고통을 가하고 잡아 죽이는 행위를 오락으로 즐기는 문화가 불러오는 윤리적 무감각이 더 큰 문제다. 생명을 놀이로 삼는 이 축제를 위하여 강원도 영동 지방의 산천어 70여만 마리를 영서 지방으로 며칠씩 싣고 오면서 먹이도 주지 않고, 죽은 물고기는 갈아서 어묵을 만들어 먹는다. 이 비교육적이며 폭력적인 살생 축제는 물고기 입장에서 보면 생지옥 난리판이다.

생명을 경제적 이익의 수단으로 계산하는 풍조, 생명을 유희와 놀이의 수단으로 삼는 풍조가 문제다. 고양이 두 마리 죽인 사람은 개인적으로 잔인한 경우지만, 물고기 수십만 마리를 수천, 수만 명이 잡아 죽이는 놀이는 사회적으로 잔인한 경우다. 개인이 하는 낚시나 사냥을 금할 수는 없지만 사회 전체가 참여하는 살육은 권할 만한 것이 못 된다. 그렇다 해서 '세계 동물권 선언의 날'을 기념한다든지, 개나 고양이를 유모차에 태우고 자식처럼 애지중지하는 풍조를 내가 옹호한다는 것은 아니다. 지나친 감상주의, 본말이 전도된 동물 사랑 세태는 비판받아야 마땅하다. 다만 동물에게 잔인한 사람은 사람에게도 잔인해진다는 것을 기억해두어야 한다고 말하는 것이다.

오늘날 문명화와 산업화로 인한 지구 환경의 파괴는 심각한 수준에 이르렀다. 무분별한 도시 개발로 숲과 강이 파괴되고 화학약품을 살포하여 경작한 농산물은 인간 생존을 위험에 빠트렸다. 과도한 에너지의 생산과 사용은 지구 온난화를 불러와 우리가 사는 세계는 더 이상 자연의 혜택을 누릴 만한 곳이 못 되었다. 엄청난 생물종이 멸종 위기에 처해진 오늘의 인류는 자신이 저지른 죄악에 대한 응보를 받아야 할 때가 가까워진 듯하다. 세계자연보전연맹의 적색목록 등급 표시에는 절멸, 야생 절멸, 위급, 위기, 취약, 준위협, 관심 대상 등으로 분류된 멸종 위기 생명체 목록이 산더미처럼 쌓여 있다.

이처럼 지구 환경이나 생명체 멸종 위기에 관해 논의를 이어가는 일은 오히려 한가한 잡담처럼 들릴지도 모른다. 우리 눈앞에 닥친 시급한 위기는 인간의 인간에 대한 말살 풍조이다. 핵무기를 비롯한 대량 살상 무기, 낙태와 살인, 생명 조작과 상업적 거래 등은 모두 인간 생명의 존엄성을 절대가치로 받아들이지 않는 데서 오는 인간의 파괴이며 세계의 몰락이다. 환경오염과 생태계 파괴 등 간접적인 문제는 물론이고, 우리 시대와 사회가 당면한 낙태, 자살, 유전자 조작, 장기 매매 등 팽배한 생명 경시의 풍조는 인간의 오만과 무절제와 이기심이 빚은 결과다. 그것은 인간중심주의 시대가 맞이하는 징벌이며 재앙이다.

시와 교양의 정신

2

 이런 시대에 시인은 어디서 무얼 하고 있는가. 시인의 관심, 시인의 사명, 시인의 역할이 사회적 모순에 대한 지적과 경고와 고발이라면 시인은 마땅히 이러한 생명 경시 풍조에 대해 적극적 관심을 기울여야 할 것이다. 환경오염이라든지 생태계 파괴에 대해 우려와 고발을 표하는 생태환경 시가 한때 유행한 적이 있었다. 그러나 그것도 한 시대의 유행적 경향으로 스쳐 간 느낌이 짙고, 생명 경시의 사회적 모순에 대한 지속적 관심에는 소홀하다는 반성을 피할 수 없을 것이다.

 한순간에 나라 전체를 파괴할 수 있는 핵무기를 개발하는 북한 정권에 대해서는 입을 굳게 닫고, 안전장치를 갖춘 남한의 원자력 발전소는 폐쇄하는 정책을 추진한다는 것은 모순이 아닌가. 에너지 사용을 줄이지 않는 한 전기는 필요하니 화석연료나 태양광이나 풍력 발전에 의존해야 하는데 이것은 더 심각한 공해 문제를 야기한다. 환경 파괴는 더 심해지기 마련이다. 시인의 입장에서 이런 정책의 문제는 정치적 진영 논리로 접근할 일이 아니다. 생명 존재의 위협에 대한 응전의 자세가 필요하다. 아울러 유전자 조작이라든가 장기 매매, 동성애라든가 낙태와 자살 등 우리 사회가 안고 있는 사회적 불의에 대해 적극적으로 고발하고 경고하고 대안을 모색하는 일에 시인들도 관심을 기울여야 한다.

우리 시에 나타난 생태환경 시들은 우리 사회의 환경 문제에 대한 문세의식을 표현한 것이었다. 그런데 대부분의 생태환경 시에 나타난 생명의 위기 문제는 경고와 고발, 대결과 적대적 자세로 일관되어 있는 것이 특징이었다.

이형기가 "비극이 되기에는/너무나 흔해빠진 우리 시대의 비/대량 생산의 장미를 쓰레기통에 가득 채우는/전천후 산성비 오늘도 내린다."(「전천후 산성비」)라고 읊은 것이 1990년대 초반이니까 벌써 30년 가까이 지났다. 나무를 말라죽게 하여 숲을 파괴하는 산성비는 인체에 유해함은 물론이고 쇠나 시멘트까지 부식시킨다. 자연의 섭리이며 생명의 근원인 비가 이제는 문명의 재앙이 되고 죽음의 신이 되어 우리에게 다가온 것이다. 그러나 오늘날 산성비는 더 이상 화젯거리가 되지 못한다. 모든 비와 눈이 산성화되어 있기 때문이다. 이러한 환경오염의 결과는 무엇일까. 최승호는 뇌 없는 아이를 출산한 공단 지역의 산모를 소재로 한 시를 썼다. "무뇌아를 낳고 보니/몸 안에 공장지대가 들어선 느낌이다./젖을 짜면 흘러내리는 허연 폐수와/아이 배꼽에 매달린 비닐 끈들"(「공장지대」). 이 시는 인간이 오염시킨 환경의 피해자는 바로 인간 자신임을 일깨워준다. 폐수가 젖이 되고 비닐 끈이 탯줄이 되어버린 상황, 이 끔찍한 전율의 모습이 우리가 맞이하는 재앙의 모습이다.

신경림이 묘사한 공해와 산업화의 그늘에 관한 모습은 비극적이

시와 교양의 정신

고 절망적이다. 그는 "썩은 실개천에서 그래도 아이들은/등 굽은 물고기를 건져 올리고/늙은이들은 소주집에 모여 기침과 함께/농약으로 얼룩진 상추에 병든 고기를 싸고 있다"(「이제 이 땅은 썩어만 가고 있는 것이 아니다」)라고 읊으면서 우리가 살고 있는 나라, 우리가 살고 있는 지구는 단지 썩어만 가고 있는 것이 아니라 종말의 파국을 향해 치닫고 있다고 경고한다. 이 시는 우리가 사는 한반도는 머지않아 죽음과 해골의 땅이 되고 말 것 같은 절박한 위기의식을 보여준다.

파괴된 생태환경에 대한 절망감과 분노와 탄식을 표현하고 있는 생태환경 시들은 대부분 문제 제기적이고 사회고발적인 어조를 띠고 있다. 이 시의 작자들은 마치 생명의 위기를 가져다준 가해자는 딴 나라 사람인 듯이 생각하고 자신은 일전불사를 외치는 성난 선지자의 입장에 서 있는 것처럼 보인다. 그러나 이렇게 심각한 어조로 환경의 오염과 생태계의 파괴를 탄식하고 염려하고 위기를 경고하는 시인들도 모두 대기를 오염시키는 자동차를 타고 다니고, 폐수를 배출하는 공장의 생산품을 사서 쓰고, 전기가 없이는 하루도 살지 못한다. 핵폐기물 처리장 건설을 반대하던 사람들 중 어느 누구도 전기를 안 쓰겠다고 맹세한 사람은 없었다. 위기를 경고하기는 쉬운 일이지만 위기를 초래하는 원인인 문명으로부터 벗어나 살려고 하지는 않는다. 이미 우리는 문명의 바다에 갇힌 물고기와 같은 신세가 되어 있기 때문이다.

생명 존재의 위기 문제에 관한 올바른 인식을 지닐 때, 시인은 자연이 지닌 신비로운 생명 창조의 현상을 외경의 마음으로 대하게 될 수 있다. 아울러 현대문명 속에서 삶의 편의를 누리는 시인 자신도 소극적이든 간접적이든 생명 파괴의 책임을 나누어 져야 할 공범자라는 인식을 지녀야 한다. 무엇보다도 자연은 무상이거나 무한정한 것이 아니라는 것, 생명은 신성한 것이며 존엄한 것이라는 것, 그것은 인간이 누리는 가장 소중한 가치라는 것을 인식하고 강조하고 함께 느끼는 자세를 지녀야 한다.

인간이 누리는 가장 고귀한 가치인 생명에 대한 고마움과 아름다움, 자연이 지닌 신비로운 정화력, 공존과 조화의 법칙, 생명의 순환적 질서에 대한 경외감과 두려움을 노래하는 것이야말로 시인의 임무라 할 수 있다. 생명의 신비와 외경을 노래하는 서정적인 모습이야말로 순수서정시인이 보여주어야 할 자세가 아니겠는가.

생명 시학은 구호나 관념이어서는 안 된다. 생명을 느끼는 일이어야 한다. 생명은 귀하고 중한 것이며 아름답고 절대적인 것이라고 외치는 사람들이 있지만, 그들의 작품에서 생명의 신비로운 아름다움이 생생한 느낌으로 다가오지 않으면 그것은 헛된 구호에 불과하다. 오늘날 당면한 생명의 위기는 생명의 존엄성을 절대가치로 받아들이지 않는 데서 오는 인간의 파괴이며 세계의 몰락이다. 우리 시대의 생명 경시와 생명 위기 문제들을 꾸짖고 나무라는 시인들은 많지만

시와 교양의 정신

함께 괴로워하며 뜻 모아 반성하는 시인들은 적다. 생명의 내면에 깃든 강하고 두렵고 신비로운 힘을 느낄 때 시인은 생명의 에너지, 생명의 위엄, 생명의 강인함을 표현할 수 있다. 동시에 생명의 신비로운 힘 속에는 무한한 인내와 고통과 노력의 과정이 깃들어 있음을 인식해야 하고, 그 바탕 위에 생명 존재가 지닌 신성성과 영적인 비의를 표현해야 할 것이다.

전통 미학과 오늘의 우리 시

1

　　나는 오래전에 대구 인근 영천의 은해사(銀海寺) 거조암(居祖庵) 영산전(靈山殿)에 있는 오백나한상을 구경하고 그 다양하고 풍부하며 자연스럽고 자유자재한 표정과 포즈에 심취했던 기억을 잊지 못하고 있다. 거조암 오백나한상은 다른 절처럼 나한전(羅漢殿)이나 응진전(應眞殿)에 모신 것이 아니라 오백나한만을 위한 영산전에 모셨는데, 그 각양각색의 표정들이 서민적이고 인간적이며 자연스럽고 해학적이어서 친근감과 다정함을 불러일으켰다. 한국의 미를 대변할 만한 토속미를 지닌 조각이면서 종교예술다운 진지함과 민간신앙에 어울리는 소박함이 드러나 있는 걸작이었다. 다만 조각상에 회칠하고 색을 입힌 점이 내 취향에는 맞지 않았다.

영월 창령사 터 오백나한상은 발굴 당시 그대로인 화강암의 투박하고 거친 질감이 일품이다. 희로애락의 감정을 드러내는 표정들은 검박하고 고졸(古拙)스럽다. 나한은 속세를 살았으니 인간이고, 부처의 가르침을 듣고 깨달은 자니 성자다. 깨달은 자의 삶이니 진지하지만 여유 있고, 슬플 때도 편안하고, 수행을 할 때도 느긋하고, 기쁠 때도 자신을 잃어버리지 않는다. 속세에 살면서도 한없이 천진해지는 얼굴이 나한의 얼굴이다. 화강암에 투박하고 거칠게 조각된 나한상들의 표정과 자세에는 천진한 미소와 무욕의 성찰이 서려 있다. 선량한 미소와 사색적 포즈가 보는 이의 내적 성찰을 불러일으키는 나한상들은 과하거나 넘치지 않는 한국적 미의식의 전형이다.

나는 여기 조각상 비슷한 얼굴을 한 사람들을 떠올려본다. 그들의 인상이나 표정보다 이 나한상들의 표정이 훨씬 진지하고 고요하고 깊다. 이 얼굴들은 살아 있는 사람보다 더 철학적이며 형이상학적인 초월의 경지에 있다. 백제의 미소로 불리는 서산 마애삼존불상이나 신라의 미소로 불리는 얼굴무늬수막새와는 같은 유형의 미의식의 범주에 속하면서도 조금은 다른 독자적 경지를 열어 보이는 이 오백나한상은 우리 고미술의 걸작이 아닐 수 없다.

이 나한상들의 조각만이 우리 전통 미학을 모두 대변하는 것은 아니다. 이 조각상들이 서민적 예술을 대표한다면 추사 김정희의 서예나 표암 강세황의 그림에서는 선비적 고고함과 우아한 아취가 느껴진다.

전통음악의 예를 들자면, 허무감과 원망과 한탄의 정서가 짙게 배어 있는 서도소리에서는 서러움의 감정과 흥이 뒤섞인 독특한 가락이 느껴진다. 〈수심가〉의 서럽고 구슬픈 가락에는 듣는 이의 심금을 울리는 묘한 깊이감이 있다. 그런가 하면 궁중 행사나 성대한 잔치에서 주로 연주된 영산회상에는 풍요롭고 화창한 기운이 있다. 〈관악영산화상〉은 장쾌하고 엄숙하며 든든하고 꿋꿋한 기상을 느끼게 하고, 〈현악영산회상〉은 교묘한 긴장감의 바탕 위에 세련되고 섬세한 선율감이 우아하고 유려한 품격을 느끼게 한다. 허공을 걷는 사람이라는 뜻의 〈보허자(步虛子)〉는 철학적인 명칭이 아닌가. 이토록 놀라운 시적 정취를 지닌 악곡의 명칭은 다른 나라 음악에는 없다. 느리고 유연하며 자유롭고 안온한 이 음악의 세계는 이상향에서 노니는 신선의 경지를 그린 것이다. 〈수제천〉은 축원의 분위기를 표현하는 궁중음악인데 우리 정악의 백미다. 향피리의 강하고 높은 음색이 주도하면서 대금, 해금, 아쟁 등 여러 악기가 선율을 서로 주고받는 연음형식의 이 음악은 선율적이면서 소리의 어울림을 중시한다. 나는 이 음악이 주는 격조와 품위, 장중하면서 우아한 멋, 넉넉하면서 여유로운 느낌에 감탄한다.

시와 교양의 정신

2

한국 시의 전통성이라 하면 우선 김소월이나 김영랑, 서정주나 박재삼의 시에 나타난 한의 정서나 서러움의 감정을 떠올리는 것이 일반적이다. 민요적 율조와 향토색 짙은 언어감각, 여성적이고 수동적인 자세와 현실도피적 시대감각이 이들 시의 특징적 경향이다. 이들의 시가 서민적 정서와 민중의 애환을 대변한다면 조지훈이나 이병기, 신석초의 시에 나타난 전통성은 귀족적이고 선비적인 차원의 미의식을 대변한다. 고고하고 우아한 아름다움, 교양과 지성미, 지조와 절개 등이 이들 시에 나타난 한국적 전통 정서라 할 수 있다.

그러나 우리 시의 전통성을 문학 안에서만 찾으려는 태도는 한계를 지닌다. 고전문학이나 근대문학에 나타난 우리 고유의 미의식에 대해서는 지금까지 충분히 논의되고 탐구되어왔다. 이제는 시야를 좀 더 확장할 때가 되었다. 우리 전통예술에 나타난 미의식과 표현 형식을 찾아내어 현대시의 자양분으로 삼을 필요가 있다. 우리 전통 미술이나 음악에 나타난 미의식에 눈길을 돌린다면 그동안 우리가 잊고 있었던 우리 고유의 아름다움에 관한 새로움을 발견할 수 있을 것이다.

앞서 언급한 영월 창령사 터 오백나한상을 예로 들어보면, 투박하고 거칠지만 천진하고 평화로운 무욕의 자세, 진지하지만 여유 있고,

슬플 때도 편안하고, 수행을 할 때도 느긋하고, 기쁠 때도 자신을 잃어버리지 않는 표정을 우리 현대시에 담아내는 노력을 한다면 진정한 의미의 전통 미학을 현대시에 재현하는 성과를 거둘 수 있을 것이다. 교양과 지성미가 어우러진 선비적 고고함과 우아한 아취가 느껴지는 고상한 품격의 시정신을 현대시에 응용하는 것 또한 전통 미학의 현대적 변용에 기여하는 작업이 될 것이다.

서러움의 감정과 흥이 어우러진 이중적이고 복합적인 정서를 지닌 가락을 현대시에 활용한다면 우리 전통음악의 한 특성을 오늘의 문학에 접목시키는 일이 가능할 것이다. 장쾌하고 엄숙하며 든든하고 꿋꿋한 기상을 느끼게 하는 시, 교묘한 긴장감의 바탕 위에 세련되고 섬세한 선율감이 우아하고 유려한 품격을 느끼게 하는 시를 쓰는 일도 필요하다. '허공을 걷는 사람'이라는 고전음악의 명칭은 그대로 현대시의 제목이 될 수 있다. 이 기막히게 철학적이고 형이상학적인 이름에 대하여 현대시를 쓰는 시인들이 무관심했다는 것은 반성할 만한 일이다. 우리 정악이 지닌 격조와 품위, 장중하면서 우아한 멋, 넉넉하면서 여유로운 느낌을 오늘의 현대시에서는 찾아보기 어렵다.

오늘의 우리 시에는 이러한 전통 미학의 계승과 그 현대적 변용에 관하여 진지하게 성찰하는 분위기가 약하다. 현대시라는 이름 아래 국적이 불분명한 언어적, 정서적 실험에 몰두한 결과, 우리 고유의 아름다움을 천착하는 시를 찾아보기 어려운 지경에 이르렀다. 더욱이 인접 장르의 예술적 미의식과 표현 방식에 관한 진지한 탐구의 자세가 사라지고, 대신 유행적 사조를 무비판적으로 추종하는 분위기가 팽배해 있다. 리얼리즘 문학이라는 명분 아래 현실적, 사회적 모순점이나 문제점에 대한 비판이나 개선 의지를 외치기 전에 우리 전통 미학에 대한 관심으로 민족적 정체성을 확립하는 일이 우선되어야 한다. 언어 미학의 시를 지상 명제로 삼는 시인들도 그 언어 미학의 바탕에 전통 미학의 계승과 재창조라는 대명제가 깔려 있어야 우리말의 아름다움을 실감 있게 구현할 수 있을 것이다. 실험시니 해체시니 하고 의미 없는 헛소리를 중얼거리기 전에 우리말과 의식 속에 잠재된 전통적 아름다움에 관심을 기울여야 할 것이다. 그것이 우리 문학의 폭을 넓히고 깊이를 심화시키는 올바른 길이다.

이를 위하여서는 폭넓은 교양과 지성적 세련미가 전제되어야 하고, 진지하고 겸허한 자세로 민족문화의 정체성을 탐구하는 태도가 필요하다. 시 쓰는 일을 업으로 하는 사람이 시인이다. 시인이라면 마땅히 인접 장르의 미학적 표현이나 의식적 특성에 관하여 관심을 가지고 이를 자기 작품 속에 어떻게 수용하고 재현하며 새롭게 창조할 것인가에 대하여 고민해야 한다. 전통 미술이나 음악에 관한 비평적 감별력을 전제로 이를 사랑하고 즐기며 자신의 시 작품 안에 용해시키는 일이야말로 자신의 시를 우리 문학사의 맥락 안에서 올바르게 정립시키는 일이 될 것이다.

시와 이웃 장르와의 만남

1

　　　　　　　　시와 이웃 장르와의 만남에 대해 논
의하기에 앞서 먼저 논의의 범주를 확정할 필요가 있다. 범위를 좁혀
서 살피면 서정시와 인접 시 양식 혹은 자유시와 정형시의 만남에 대
해 논의할 수 있겠는데 이는 시 장르 안에서의 양식적 교섭이나 확장
이라 할 수 있다. 좀 더 범위를 넓히면 시와 소설 등 다른 문학 장르
와의 만남에 대해 논의할 수 있을 터인데 이는 문학 내적인 접촉이라
할 수 있다. 나아가 시와 음악이나 미술 등 다른 예술 장르와의 만남
에 대해 논의할 경우 이는 문학 외적인 접촉이라 할 수 있다.

　오늘날 장르로서의 시는 자유시 형식의 서정시를 지칭하는 것이
일반적이므로 서정시를 쓰는 시인이 시조나 서사시 혹은 동시를 쓰

는 경우는 예외적으로 취급되는 것이 현실이다. 그러나 평생 서정시만을 써온 시인이라 해도 어느 시기에 시조나 서사시 또는 동시 등의 이웃 형식으로 걸음을 옮겨본다 해서 이상한 일은 아니다. 문학적 양식은 작가의 의도나 주제에 따라 적절히 선택될 수 있다.

서정시의 특성은 대상에 대한 순간적인 교감을 동화와 투사를 통해 압축된 언어로 형상화하는 데 있음은 주지의 사실이다. 반면 일정한 시간적 흐름에 기반을 두고 주인공들이 일으키는 사건을 중심으로 플롯을 전개하여 서사적 스토리를 전달하려 한다면 서사시를 쓰게 된다. 김동환의 「국경의 밤」이나 모윤숙의 「논개」, 신동엽의 「금강」 등이 대표적 예다. 또한 시극이라는 용어로 극적 양식을 빌려오는 경우도 있다. 이러한 서정시와 인접 시 양식의 만남에 해당하는 예들은 시인이 자신의 시 창작 작업의 외연을 넓히려는 실험적 모색의 결과라 할 수 있다. 최근 허영자, 오세영 시인 등이 시조 창작에 관심을 가진 것도 같은 맥락이라 할 수 있다.

시 형식의 울타리를 넘어 시인이 소설이나 희곡을 쓰는 경우를 생각해볼 수 있다. 시인 구상은 희곡과 시나리오에도 손을 대어 「수치」 「갈매기의 묘지」를 쓴 적이 있고 소설가 박경리의 유고시집 『버리고 갈 것만 남아서 참 홀가분하다』에는 휴머니즘이 짙게 밴 감동적인 시들이 수록되어 있다.

시인이 다른 장르에 관심을 가진다거나 손댄다는 자체만으로 두 장르의 만남이나 결합이라고 할 수는 없다. 시인이 쓴 소설이라 해서 반드시 시적인 분위기의 소설이 되는 것도 아니며 소설가가 시를 썼다고 해서 꼭 산문적인 시가 되는 것도 아니다. 시는 시답게 쓰고, 소설은 소설답게 쓰는 것이 옳다. 시인과 소설가를 겸하면서 시와 소설 양쪽의 양식적 특성에 충실한 작품을 보인 예는 윤후명이나 오탁번에게서 찾아볼 수 있다.

시와 이웃 장르의 만남에 대해 범위를 넓혀 생각해보면 시와 음악, 시와 미술, 시와 연극이나 영화 등의 만남에 대해 살펴볼 수 있다. 시에는 리듬이 내재되어 있어 시의 예술적 미감의 본질은 음악과 긴밀히 연결되어 있다. 그러나 시의 리듬이 음악 자체인 것은 아니다. 시인이 음악의 구체적 악곡에서 시적 영감을 얻어 언어로 형상화할 때 진정한 시와 음악의 만남이 이루어진다고 할 수 있다. 많은 시인들의 시에서 음악에 대한 감흥이나 음악과의 정서적 교감을 발견할 수 있다. 김종삼이나 전봉건 등의 시에서 그러한 예를 찾아볼 수 있다. 또 시의 이미지는 본질적으로 회화에 연결되므로 미술적 특성에 깊이 침윤되어 있는 많은 시 작품들을 볼 수 있다. 김춘수의 시나 모더니스트들의 시들은 회화적 이미지에 공들이며 의미의 과잉을 제어하려는 의도를 실현한다. 최근에 들어서는 영화, 연극, 광고나 대중예술과의 상호텍스트적 현상도 지적할 만하다.

시인과 인접 장르 예술가와의 친분 관계만으로 시와 이웃 장르의 만남이라고 할 수는 없다. 시인 구상은 화가 이중섭과 절친하였지만 이중섭의 그림이나 인간에 관한 시를 남긴 것은 없다. 오히려 이중섭과 일면식도 없는 시인들이 그의 그림에서 얻은 미적 감흥을 시로 써 남긴 것들이 있다. 예컨대『시집 이중섭』(1987)은 화가 이중섭의 삶과 그림을 주제로 후대의 시인들이 쓴 시와 해설 등을 묶어 한 권의 책으로 엮은 것이다. 이 시인들은 생전의 이중섭을 직접 만난 적이 없다.

시와 음악, 미술, 영화, 연극 등 타 예술 장르와의 만남은 시인의 문화적 교양의 수준과 직결된다. 시인은 마땅히 인접 예술 장르에 대한 폭넓은 지식과 교양을 지니고 있어야 하고 이를 자기 시 작품의 자양으로 삼을 수 있어야 한다. 예술 양식은 건축물처럼 고정적으로 존재하는 것이 아니라 제도적 규범으로 존재하며 변화를 겪는다. 장르는 예술적 질서에 의한 일정한 틀을 지니며 그의 시대를 예리하게 표현한다. 이러한 인식과 성찰을 바탕으로 시인은 인접 장르와 신중하게 교호하여 시의 외연을 확대해야 할 것이다. 장르는 작가를 규제하지만 동시에 작가는 장르를 규제하기 때문이다.

2

오래전부터 우리 문화에는 시와 인접 예술이 교섭하고 접합된 전통이 있었다. 서예나 문인화는 미술의

한 장르이지만 문학적 소양, 특히 시에 대한 교양과 지식이 필수적으로 요구되었다. 시(詩), 서(書), 화(畵)는 선비문화에 있어 분리할 수 없는 실체로 일체화되어 있었다. 서권기(書卷氣)니 문자향(文字香)이니 하는 말은 서예의 품격을 지칭하는 말이지만 이러한 서권기나 문자향을 이루기 위해서는 시(서정문학)에 대한 차원 높은 이해와 교양을 기반으로 갖추어야 했으며, 나아가 훌륭한 시를 창작하는 소양과 능력을 지녀야 했다.

시와 함께 서예나 회화의 창작 수준도 높아야 했으니 조선 시대에 제대로 된 선비 노릇하기란 만만한 일이 아니었을 것이다. 조선 시대 선비들은 시문집과 함께 서예나 문인화 작품을 남기도 하였다. 영·정조 때 병조참의, 한성판윤 등의 높은 관직에 오른 문신 강세황은 당대 시·서·화 삼절로 불렸고 당시 화단에서 예원의 총수로서 중추적인 구실을 하였다. 정조, 순조 때의 추사 김정희는 서예가이면서 금석학자였다. 오늘날 많은 문학 관련 모임에서 시화전 개최에 관심을 갖는 것도 이러한 전통과 관련이 있어 보인다.

개화기 이후에 이르러서도 문인은 문사(文士)라는 말로 지칭되었다. 문사라는 말 속에는 문인은 시나 소설만 잘 쓰는 기술자에 그쳐서는 안 되고 선비적 정신과 교양을 지닌 전인적 인격체라는 뜻이 내포되어 있다. 춘원과 소월의 등장 이후 문사라는 말 대신 시인이나 소설가, 극작가라는 말이 두루 사용되게 되었는데, 이 말에는 전인적 교양인 대신 전문화된 기능인이나 직업인이라는 의미가 내포되어 있다. 그러나 시인이라는 말이 전문화된 기능인이라는 의미를 지닌다고 해서 인접 장르의 예술적 특성에 무지하거나 무관심해도 좋다는 의미는 아니다.

서정시인이라고 해서 서사시에 대해 무지하다거나 자유시를 쓰는 시인이라고 해서 정형시에 대한 이해가 없어도 되는 것은 아니다. 나아가 시인이 소설이나 희곡을 몰라도 된다거나, 시인이 음악이나 미술에 대한 지식이나 비평적 감식력이 없어도 된다는 것은 아니다. 인접 장르에 대한 교양이나 지식은 필수적으로 요구되는 시인의 자질이며 기본 요소이다. 오늘의 우리 시에는 지나칠 정도로 정치나 경제, 사회적 상황이나 사상에 대한 관심은 많은 반면 인접 예술 장르에 대한 관심은 약해 보인다. 이는 우리 현대사의 역사적 상황과 관련되어 있는 특성이라 할 수 있지만, 인접 예술에 대한 무시나 무관심을 부끄러워하지 않는 문학적 풍토는 우리 시의 넓이와 수준을 위해서 바람직한 것이 못 된다.

시에는 율격과 압운 등 음성적 요소가 필수적이므로 전통적 시 양식에는 음악성에 대한 관심이 요구되었다.(T.S. 엘리엇은 음악 연구가 시에 기여한다고 주장하였는데 그의 「네 개의 사중주」는 베토벤의 〈사중주〉라는 표제가 붙은 음악과 연관이 있다.) 정형시에서는 시를 낭송하는 일 자체가 음악적 미감을 바탕으로 한다. 그러나 운율적 제약에서 자유로워진

현대의 자유시에 있어서는 시를 소리 내서 읽는 낭독이나 외워서 읊
조리는 낭송보다는 소리 내지 않고 묵독하는 일이 일반화되었으므로
시 읽는 일 자체가 음악적 감흥을 주는 행위는 아니게 되었다.(소위 시
낭송가라는 사람들이 있긴 하지만 대부분 정체불명인 경우가 많다.) 대신 언어
의 의미를 새겨 음미하고 비유와 상징을 해석하며 이미지를 감각적
으로 이해하는 일에 집중하게 되었다.

　현대시와 음악의 만남은 시에 곡을 붙여 가곡을 만드는 일이나 시
낭송에 배경음악을 사용하는 일이나 시 낭송과 음악 연주를 함께하
여 문학 콘서트 형식의 이벤트를 개최하는 일에서 그 예를 찾아볼 수
있다. "내 고향 남쪽 바다 그 파란 물 눈에 보이네/꿈엔들 잊으리요
그 잔잔한 고향 바다"로 시작되는 이은상 시 「가고파」에 김동진이 곡
을 붙인 가곡 〈가고파〉라든지, 김동명 작시 김동진 작곡의 〈수선화〉,
한상억 작시 최영섭 작곡의 〈그리운 금강산〉 등은 오늘날 국민적 애
창곡이 되었다. 좋은 시에 곡을 붙여 대중적으로 사랑받게 하는 일은
시의 대중화를 위해서도 바람직한 일이다. 작곡을 염두에 두고 시를
쓸 경우에는 운율적 리듬감이 뚜렷하고 전달하려는 메시지가 분명하
며 이해하기 쉬운 언어를 사용하는 편이 효과적이다. 그러나 수많은
대중가요 가사들은 시라고 하기에는 너무나 수준이 낮은 것들이 대
부분이다. 어법에 맞지 않거나, 너무 유치하거나, 낯뜨거운 내용들인
경우가 많다. 대중가요 작사가의 수준이 문제가 된다.

　　　　　　　　　　　　　　　　시와 교양의 정신

많은 문학 단체나 지역 문화회관 등에서는 시와 음악의 만남이라는 문학 콘서트 행사를 열기도 하고, 인터넷상의 가상공간에서는 사랑시니 영상시니 하는 이름으로 시와 음악을 결합한 동영상이 떠돌기도 한다. 이러한 현상은 시 독자의 폭을 넓혀 시의 대중화에 이바지한다는 긍정적인 측면이 있다. 그러나 정체불명의 유치한 시와 통속적인 음악의 결합은 시의 문학적 수준을 낮추어 결과적으로 시 공해를 불러오는 부정적 측면도 있음을 기억해야 한다.(이는 마치 지하철 스크린 도어에 마구잡이로 도배하듯 써 붙여놓은 시들이 시의 위의를 해치는 역기능을 하는 것에 비유할 수 있다.)

시에 사용되는 이미지나 회화적 형상미 또한 시의 본질적 요소이므로 시와 미술의 만남에 대한 관심도 오랜 역사를 가지고 있다. 중국 송나라의 소식(蘇軾)은 당나라 왕유(王維)의 시와 회화를 칭찬하면서 "시 속에 그림이 있고, 그림 속에 시가 있다(詩中有畵, 畵中有詩)."고 하였고, 북송의 화가 곽희(郭熙)는 "시는 무형의 그림이고 그림은 유형의 시다."라는 유명한 말을 남겼다. 이는 그리스의 시모니데스가 "시는 말하는 그림이며 그림은 말 없는 시다."라고 한 말과 상통한다. 동서양의 고전 미학자들이 이처럼 시와 그림의 일체에 관하여 언급한 것은 시(문학)의 본질이 미메시스(모방)라는 점과도 관련이 있고, 시의 이미지 요소가 회화적 효과를 지닌다는 점과도 관련이 있다.

동서양 예술사를 들추어보면 시인과 미술가의 교섭과 시와 미술,

특히 회화와의 만남에 관한 수많은 예를 찾아볼 수 있다. 르네상스 화가들의 명화를 감상한 수많은 후대의 시인들이 이를 소재로 시를 쓴 기록이 남아 있다. 상징주의 시인 보들레르는 인상파 화가 마네를 옹호하는 미술평론을 썼고, 마네는 그의 그림 〈튈르리 공원의 음악회〉에 보들레르의 모습을 그려 넣기도 하였고 보들레르의 연인 잔 뒤발의 초상화를 그리기도 하였다. 시인 아폴리네르는 그의 저서 『미학적 명상 : 입체파 화가들』에서 조르주 브라크, 앙리 루소, 파블로 피카소 등의 큐비즘(입체파) 화가들을 대상으로 이 유파의 이념과 방향, 유형과 전개 등에 관한 견해를 밝혔다. 프랑스의 저항시인으로 불리는 엘뤼아르는 피카소와 예술적 동지애를 공유하였다. 피카소는 스페인 내전의 참상과 전쟁의 비극을 그린 〈게르니카〉를 그렸고, 엘뤼아르는 「게르니카의 승리」라는 시를 썼다. 초현실주의 시인 앙드레 브르통과 초현실주의 화가 호안 미로는 예술적 견해를 공유하는 같은 유파의 동지이면서 상호 간에 가차 없는 비판을 나눈 경쟁자이기도 하였다. 대표적 이미지스트 시인 에즈라 파운드는 중국 당나라 시인 이백(李白)에 심취하여 그의 시를 번역하고 개작하기도 하였다.

우리 현대시에서도 시와 미술, 음악, 영화, 건축과의 만남에 관한 수많은 예를 찾아볼 수 있다. 김광섭 시 「저녁에」는 "저렇게 많은 별 중에서/별 하나가 나를 내려다본다/이렇게 많은 사람 중에서/그 별 하나를 쳐다본다//밤이 깊을수록/별은 밝음 속에 사라지고/나는 어

시와 교양의 정신

둠 속에 사라진다//이렇게 정다운/너 하나 나 하나는/어디서 무엇이 되어/다시 만나랴"라고 되어 있다. 이 시의 끝 구절 "어디서 무엇이 되어 다시 만나랴"는 화가 김환기의 그림 제목이 되어 유명해졌고, 가수 유심초에 의해 같은 제목의 대중가요로 만들어지기도 하였다.

　김춘수는 마르크 샤갈의 그림에 심취하여 「샤갈의 마을에 내리는 눈」이라는 제목의 시를 남겼다. 이 시에서 "삼월에도 눈이 오는 샤갈의 마을"로 대표되는 환상의 세계는 화가 샤갈의 그림 〈눈 내리는 마을〉처럼 초현실적인 세계를 지향하고 있다. 김영태 시 「유태인이 사는 마을」도 샤갈의 그림에 연관되는 시다. 한국 시인들은 화가 샤갈과 악기 첼로를 특별히 좋아하는 것 같다. 샤갈 그림의 환상적인 분위기와 동심적인 순정함은 많은 시인들의 시적 소재로 활용되었고, 낮은 음색으로 사색적인 느낌을 주는 현악기인 첼로는 여러 시인들의 시에 등장한다. 시인이자 음악애호가이며 무용평론가이기도 했던 김영태는 수많은 무용평론을 남겼고, 시 「첼로」는 첼로라는 악기의 연주에서 감응된 미적 정서를 언어로 형상화한 것이었다. 작고 3주기를 기념하여 발간된 이가림 유고시집 『잊혀질 권리』(2018)에는 「첼로는 힘이 세다」라는 시가 수록되어 있다. 김영태 시 「첼로」와 이가림 시 「첼로는 힘이 세다」는 서로 상반되는 시적 발상에 의한 시여서 흥미로운 대비가 된다.

흰 말 속에 들어 있는
고전적인 살결
흰 눈이
저음으로 내려
어두운 집
은빛 가구 위에
수녀들의 이름이
무명으로 남는다
화병마다 나는
꽃을 갈았다
얼음 속에 들은
엄격한 변주곡
흰 눈의
소리 없는 저음
흰 살결 안에
램프를 켜고
나는 소금을 친
한 잔의 식수를 마신다
나는 살 빠진 빗으로
내리훑으는

칠흑의 머리칼 속에
삼동의 활을 꽂는다

― 김영태, 「첼로」

1992년 5월 27일 오후 네 시
사라예보의 바세 미스키나 시장 뒤쪽에서
빵을 사기 위해
줄을 서 있던 동네 사람들
머리 위로
느닷없이 여러 개의 박격포탄이 떨어졌다

이튿날
스물 두 명의 피가 얼룩진
그 빵 가게 앞에서
사라예보 필하모닉 첼로 연주자
베드란 스마일로비치가
알비노니의 〈아다지오〉 G단조를
연주하기 시작했다

그 후 22일간

그는 하루도 빠짐없이
시퍼런 칼보다 더 예리한 활로
슬픈 첼로의 가슴을 베었다.

왜
세르비아 저격수들은
그를 향해
총을 쏘지 않았을까

아아!
천 개의 박격포탄보다 강한 첼로여
저격수의 방아쇠를
끝내 당길 수 없게 한
나직한 진혼곡이여

— 이가림, 「첼로는 힘이 세다」

　같은 악기 첼로를 소재로 한 시이지만 위의 두 시는 전혀 다른 문
학적 이념의 토대 위에 형상화되어 있다. 김영태 시가 언어미학적이
고 내면지향적인 데 비하여 이가림 시는 사회비판적이고 휴머니즘
지향적이다. 김영태 시가 표현주의적인 경향이라면 이가림 시는 사

실주의적 경향이라 할 수 있다.

현대예술의 두 가지 사조는 사실주의적 경향과 표현주의적 경향으로 나눌 수 있다. 사회적 부조리를 폭로하고 비판하는 쪽이 사실주의적 경향이라면 오만한 자기과시 혹은 허약하고 오염된 자아를 비판하고 고발하는 쪽이 표현주의적 경향이라 할 수 있다. 오늘날 소위 민중미술 쪽에서 사용하는 대중선동적 걸개그림이 사실주의 미술이라면 민중시니 저항시니 하는 사회비판 시들이 같은 궤적의 이념을 공유하고 있다. 반면 자기표현적 회화나 미술의 이념과 내면지향적 언어미학의 시나 초현실주의 시들이 같은 궤도에 위치하고 있다. 이처럼 현대 문학과 미술은 상호 접촉하고 호응하면서 원리와 기법에 있어 서로 영향을 주고받는 양상을 보인다.

노르웨이의 화가 뭉크의 그림에 대해서는 한영옥의 「뭉크로부터」, 장석주의 「뭉크에게 바치다」, 이승하의 「화가 뭉크와 함께」 등의 시가 있고, 인상파 시인 반 고흐에 관해서는 권달웅의 「고흐에게」 등의 시가 있다. 추사 김정희의 〈세한도〉에서 영감을 얻어 쓴 시는 유안진, 송수권, 조창환, 유재영, 도종환 등의 경우에서 찾아볼 수 있다. 이 밖에 시와 인접 예술과의 만남의 예로는 시와 영화의 만남으로 황동규 시 「즐거운 편지」가 박신양, 최진실 주연의 영화 〈편지〉에 사용되어 대중적 인기를 얻은 것이 주목할 만하고, 이세룡 시집 『채플린의 마을』도 시와 영화의 만남의 예로 들 수 있다. 시와 소설의 만남에 관한 예로는 곽재구 시「사평역에서」와 임철우 소설「사평역」을 예로 들 수 있고, 소설가 박상우는 김춘수 시「샤갈의 마을에 내리는 눈」과 같은 제목의 소설을 쓰기도 하였다. 임철우의 소설「사평역」은 눈 내리는 밤, 시골 간이역 대합실에서 막차를 기다리는 사람들의 쓸쓸한 내면 풍경을 그리고 있는데, 우리 사회의 산업화, 민주화의 길에서 고단한 삶을 살았던 이들의 내면 심리를 엿볼 수 있다. 박상우의 소설「샤갈의 마을에 내리는 눈」은 1980년대라는 시대적 배경 위에 대중적 집단의식에서 개인주의로 넘어가는 사회상을 묘사한 것이었다. 또 프란츠 카프카의 소설「굶는 광대」는 이건청, 조창환 시의 소재가 되었고, 장석주, 최동호도 카프카의 소설과 연관된 시를 썼다.

3

시와 인접 장르의 만남이 장르 혼합인가, 장르 융합인가에 대해서도 깊이 생각해보아야 한다. 장르 상호 관련성인가, 장르 통합 지향성인가에 대한 시인의 태도는 문학적 방향과 성취를 결정하는 요인이 된다. 서정시와 시조를 결합시키려 한다든가 시와 소설을 결합시키려 한다면 실패할 것이 뻔하다. 다른 장르의 양식적 특성을 제대로 이해하고 문학 예술적 자기완성을 위해 인접 장르의 미학적 특성을 차용하고 활용하는 시인의 자세가 요구

된다.

 권위의 부정과 원본의 훼손, 모방과 변용 등은 현대 포스트모더니즘 예술의 탈중심적 다원주의적 사고의 소산이다. 문학 창작에 있어 모든 제약을 배제하는 상대성과 다원성이 이 사조의 이념이므로 장르의 규범에서 해방되어 자유로운 창작 활동을 지향하는 것도 하나의 특징이다. 따라서 장르의 틀이 지닌 규제로부터 벗어나 경계를 허물고 융합하려는 방향으로 나아가는 것이 특징적인 추세가 된다. 순수예술과 대중예술의 경계를 허물고 장르상의 접목을 시도하는 것은 장르 융합적 태도이다.

 현대예술의 특성 중 하나인 장르 파괴와 장르 융합은 문학보다는 다른 예술 장르에서 더 과감히 실험되었다. 바실리 칸딘스키는 바그너와 쇤베르크의 음악에서 예술적 영감을 얻었고, 파울 클레는 음악을 이미지로 변형시킨 화가라는 평을 듣는다. 이들의 현대예술 작업은 미술과 음악이 통합될 수 있음을 보여주었다. 현대미술에서는 회화에 입체성이 가미되고 움직이는 그림이 제작되며 소리와 공존하는 그림이 등장하는가 하면, 현대음악에서는 악음(樂音)과 조음(噪音)의 경계가 무너졌으며 현대음악 악보에서는 오선지 대신 자유로운 점과 선으로 연주를 지시하기도 한다. 존 케이지 작곡의 〈4분 33초〉에서는 연주자가 4분 33초 동안 피아노 앞에 앉아만 있다가 퇴장한다. 이 4분 33초 동안의 침묵 속에는 연주장 밖의 바람 소리, 빗방울 소리,

객석의 부스럭거리는 소리. 기침 소리, 안내 책자를 만지작거리는 소리가 있을 뿐이었다. 최근 어느 현대미술 전람회에서는 사진과 그림이 한 화면에 섞여 있기도 하고, 악보를 거꾸로 그려놓고 음악을 끝에서부터 연주하기도 하는 것을 보았다. 이 거꾸로 된 그림, 소리 나는 그림은 감상자에게 그들이 지니고 있는 장르에 대한 기존 관념의 틀을 허물어트린다.

현대예술의 다양화는 장르상의 융합을 지향한다. 시와 음악과 미술 등이 서로 경계를 허무는 작품들이 창작되고, 시는 문자언어로만 창작해야 한다는 고정된 관념의 틀로부터 해방되는 날이 올지도 모른다. 시가 문자언어를 버리지는 않는다 하더라도 음악, 미술, 영상 등의 인접 예술 매체와의 융합을 통해 장르상의 확대를 지향하리라는 것은 예상되는 일이다. 그러나 시 장르의 양식적 본질까지 잃어버리면서 다른 장르의 양식적 특성에 무분별하게 접근하여서는 안 될 것이다. 자칫 시도 버리고 새로운 양식도 못 만들 위험이 있기 때문이다.(최근 어떤 문학잡지에서 〈시소설〉이라는 명칭의 산문이 실려 있는 것을 본 적이 있다. 시적인 응축력도 없고 소설적인 구성도 되어 있지 않은 어중간한 감상적인 산문이었다. 이런 정체불명의 장르 파괴는 시나 소설 양쪽 어느 편을 위해서도 바람직한 일이 못 된다.) 현대예술의 장르 가운데서는 문학이 비교적 보수적이라 할 수 있다. 문학이 언어를 매재로 사용하는 한 의미와 관념, 즉 메시지로부터 완전히 자유로울 수는 없기 때문이다.

시와 교양의 정신

시의 음악적 표현

시는 음악이나 미술과 존재 방식이 다르다. 음악은 시간 속에 존재하며 미술은 공간 속에 존재한다. 이에 비하여 시는 언어 속에 존재한다고 말할 수 있다.

연주자의 표현에 의하여 완성되는 음악은 작곡가의 소유가 아니다. 악보에 기록된 곡은 연주자에 의해 표현될 때까지는 단순한 음악적 지시물에 불과하다. 연주 행위는 시간의 진행 속에 이루어지므로 음악에서의 시간적 틀이란 필수적인 요소가 된다. 유명한 드보르자크의 첼로 협주곡을 연주한 피에르 푸르니에의 음반과 야노스 스타커의 음반 및 무스티슬라브 로스트로포비치의 음반을 비교해 들어보면 전체 연주 시간이 상당히 다른 것을 확인할 수 있다. 부드럽거나 강한 표현, 서정적이거나 격렬한 표현 등은 연주자의 개성에 의한 것이지만 연주 시간 자체가 다르다는 것은 음악이 시간의 제약 속에 존재하면서도 연주자에 따라 시간을 활용하는 방식이나 결과가 다르다는 것을 의미한다. 그러므로 음악을 작곡하는 행위는 음악을 완성한 것이 아니라 완성을 기다리는 토양을 제시한 행위라 할 수 있다.

반면 미술은 일단 표현되면 고정되고 불변한다. 정교한 기술로 감쪽같이 복사해놓았다 할지라도 원작과 복제품은 구별된다. 원작을 파손하면 그림이나 조각은 영원히 파손되는 것이다.

시는, 넓은 의미에서 문학은, 언어 행위에 의해 이루어지는 상상력 속에 존재한다. 수용미학 혹은 독자반응비평의 입장에서는 문학은 독자의 독서 행위에 의해 비로소 완성되는 것이지만, 그렇다 해서 문학작품이 시인이나 작가의 손을 떠나 독자에 의해 재창작되는 것은 아니다. 시는 시인의 소유물이라고 보는 것이 옳다.

🍎

시의 음악성을 흔히 말하지만, 음악적 측면에서 시가 음악과 경쟁할 수는 없다. 시의 음악성이란 리듬에 의한 것인데 이는, 잘 알다시피, 언어 자체의 음악적 요소를 예술적으로 정돈하고 다듬은 결과다. 시가 음악에서와 같은 멜로디나 하모니를 지닐 수는 없기 때문에 시의 음악성이란 아주 제한적이며 기초적이고 단순한 것이다. 시에는 언어에 의한 의미 요소가 있어서 이와

시와 교양의 정신

어울리는 미적 표현 방식으로 음악적 요소가 작용할 뿐이다.

시와 음악의 접합점을 찾는다면 음악과 결합된 노래 가사로서의 시의 중요성을 거론해야 할 것이고, 음악과 분리된 문학의 시대에 와서는 시를 낭송하는 행위에서 음악적 표현의 한 가닥을 찾아야 할 것이다.

오랫동안 시는 노래 속에 존재하여왔다. 향가나 고려가요, 시조는 원래 그 시대의 노래였다. 현대에 와서 대중가요 가사가 시인의 몫이 아니라 전문적 작사가의 몫이 되었다는 것은, 시인의 입장에서는, 불행한 일이다. 그만큼 대중가요의 품격이 떨어졌다는 의미이기도 하고 대중의 교양 수준과 지성적 시인의 창작 수준 사이에 넘을 수 없는 벽을 지니게 되었다는 의미이기도 하다.

대중가요의 가사 내용이 수준이 낮다는 것을 오늘날 시인들이 걱정할 필요는 없다. 어차피 전문적인 시인들은 대중을 무시하고 시를 쓰는 시대에 이르렀기 때문이다. 소수의 전문적인 독자에게 어필하면서 대중에게도 환영받는 시를 쓰려는 생각을 한다면, 그런 시인은 꿩도 매도 다 놓치기 십상이다. 대중적으로 읽히기 쉬운 시에 곡을 붙여 널리 퍼트리는 일은 그런 일에 종사하는 사람들 몫이다. 시인의 입장에서는 자기 시에 곡을 붙여 노래 부르지 않는다고 불만을 가질 필요는 없다.

예술가곡인 경우는 조금 사정이 다르다. 작곡가들은 유명한 시를 찾아 곡을 붙이게 마련이고, 간혹 개인적 친분 관계나 기호, 예술적 자극 등의 영향 관계에 의한 경우가 많다. 이런 경우에도 우리가 바르게 이해하지 못하고 지나가는 노랫말 내용이 적지 않다.

예컨대 김억 작사, 김성태 작곡의 가곡 〈동심초(同心草)〉는 원래 시인 김억이 중국 당나라 때의 유명한 여류시인인 설도(薛濤)의 시 〈춘망사(春望詞)〉 가운데 셋째 수(首)를 번역한 것이다. "꽃잎은 하염없이 바람에 지고/만날 날은 아득타 기약이 없네/무어라 맘과 맘은 맺지 못하고/한갓되이 풀잎만 맺으려는고"라는 가사의 원문은 "風花日將老(바람에 꽃잎은 날로 시들고)/佳期猶渺渺(아름다운 기약 아직 아득한데)/不結同心人(한 마음 그대와 맺지 못하고)/空結同心草(공연히 동심초만 맺고 있다네)"이다.

그런데 동심초라는 식물이나 꽃은 없다. "꽃잎은 하염없이 바람에 지고"라는 구절에서 동심초 꽃잎이 바람에 진다는 뜻으로 오해하기 쉽지만, 실은 동심초는 풀 이름이나 꽃 이름이 아니라 연서(戀書)라는 의미다. 공결동심초(空結同心草)를 김억은 "한갓되이 풀잎만 맺으려는고"로 의역했지만 여기 들어 있는 원래의 속뜻은 "헛되이 편지만 접었다가 폈다 하네"다. 김억의 한시 번역은 의역 위주이고 그 수준이 높아 자유로운 재창작의 경지에 이르렀다. 김억이 번역한 한국 여류 한시집 『꽃다발』에는 한시를 사행시와 시조 두 가지로 번역해놓았는데, 모두 우리말의 미적 정취를 잘 살렸다.

슈베르트의 연가곡 〈아름다운 물방앗간 아가씨(Die Schöne Müllerin)〉는 독일 낭만주의 시인 빌헬름 뮐러의 연작시에 곡을 붙인 것인데, 그중 제9곡 〈물방앗간의 꽃〉은 원문이 〈물방아꾼의 꽃(Des Müllers Blumen)〉이다. 물방앗간에 피어 있는 꽃이 아니라 물방아꾼이 바라보는 꽃이라는 의미다. 또 〈겨울 나그네(Winterreise)〉 가운데 흔히 〈냇가에서〉로 번역하는 시는 원문이 〈Auf dem Flusse〉이므로 〈냇물 위에〉로 옮겨야 옳다.

🍎

시 낭송은 시의 음악적 성격을 잘 살리는 공연 행위여야 한다. 낭송자는 명확한 발음과 개성적인 음색, 적절한 억양과 감정 조절로 시의 정서적 분위기를 전달해야 한다. 교과서 읽듯이 기계적으로 읽는 것은 금물이지만, 감정을 살린답시고 교태를 부리거나 과장된 영탄조의 발성으로 청중을 피곤하게 해서는 안 된다. 전문적인 연출자가 관여하지 않는 대부분의 낭송회에서는 사회자의 역할이 중요하다. 배경음악이나 조명 등도 중요하고 낭송자의 자신감 있는 무대 매너도 중요하다. 그러나 가장 중요한 것은 낭송에 적합한 시를 잘 선택하는 일이다.

낭송에 적합한 시란 리듬 요소가 뚜렷하고 시 속에 담긴 메시지가 분명하고 일정한 시간적 길이를 지닌 것이라야 한다. 지나치게 지적이거나, 상징화되어 있거나, 암시적이거나, 함축적인 시는 낭송에 적합하지 않다.

낭송자는 다음 몇 가지에 특별히 유의할 필요가 있다. 첫째, 의미와 연관된 띄어 읽기. 둘째, 확실한 시행과 연 구분. 셋째, 한 시행 안에서 율마디 간의 쉼의 크기가 일정하지 않다는 것에 유의할 것. 넷째, 연속체의 유창한 리듬감과 단속적인 정돈된 리듬감을 구별하여 표현할 것. 다섯째, 운이나 음성적 요소들을 최대한 살려 읽을 것. 여섯째, 가능하면 선율적 억양감이 드러나도록 표현할 것 등이다.

시 낭송은 의미를 전달하는 행위이지 음악을 전달하는 행위가 아니다. 그러므로 음성에 의한 감정이나 정서의 표현 이전에 메시지의 전달이 우선해야 한다. 관습적 리듬감에 무의식적으로 따라가다 보면 의미 요소를 놓치기 쉽다. 또한 시행과 연 사이의 쉼에 신경 쓰지 않고 내리닫이로 이어서 읽어가는 것은 가장 나쁜 시 낭송 습관이다. 그 외에도 낭송할 시에 어울리는 리듬 체계를 선택해야 하고, 의미 요소와 연관된 음성적 선율감이 드러나도록 읽는 일이 중요하다.

시 낭송 운동이야말로 시의 본모습 회복 운동이라고 주장하며 지나친 사명감에 젖을 필요는 없어 보인다. 시는 문자 이전에 노래와

시와 교양의 정신

함께 존재했지만 우리는 현대사회의 분화된 기능적 세계에 살고 있다. 시 낭송은 시의 다양한 표현 방식 중의 하나일 따름이다.

천상적 세계에 대한 허기

― 시인 김종삼의 음악 사랑

　　　　　　　　　　　　김종삼은 술과 음악에 탐닉한 시인
이었다. 김종삼은 자신의 시에 대하여 "장난삼아 끄적거려놓은" 것
이거나 마구 "써 갈기거나" 한 것이라고 낮추어 말하기도 하였다. 자
괴감과 겸양이 섞인 이 말에는 시에 전력투구하지 않았다는 전제가
깔려 있기도 하다. 그의 시에 엿보이는 말더듬이 같은 눌변과 단문의
토막으로 된 말버릇은 시인 자신의 말이 별반 그릇되지 않았다는 인
상을 주기도 한다.

　김종삼은 술이 생기면 세상사 내팽개치고 독작(獨酌)하였으며 좋아
하는 음악은 하루 종일, 혹은 한 달이고 그 이상이고 고집스레 그 곡
만 듣곤 했다는 일화가 전한다. 지나칠 정도의 고집과 집착, 자기최
면에 이를 정도의 사로잡힘과 신들림에 이른 그의 음악 사랑은 상식

　　　　　　　　　　　　　　　　　시와 교양의 정신

인의 범주를 넘어선 것이었다.

그는 신문기자와의 대담 중에 자신이 처음 시를 쓰게 된 계기를 회고하면서 스티븐 포스터의 노래를 듣고 짙은 감상에 빠졌던 사춘기 때 처음 시작(試作) 혹은 습작을 시도했다고 말하면서 다음과 같이 말하였다.

> "이상해요. 아니, 내게는 당연한 일인 것 같지만 음악을 들을 때에야 비로소 생각을 할 수 있게 돼요. 덧붙여 설명하자면 그립다거나 슬프다거나 운다든가 하는 감정의 소용돌이에서 완전히 떠나는 평정에 다다를 수 있다는 말이죠."(『일간스포츠』, 1979.9.27)

감정의 고양 상태에서 시를 쓰는 것이 아니라 감정의 평정 상태에서 시를 쓰려는 생각은 김종삼 시에 보이는 냉정하고 객관적인 관찰자적 어법의 근본을 암시한다.

김종삼 시에는 음악에 관한 언급이 자주 나온다. 「G 마이나」 「둔주곡(遁走曲)」 「연주회」 「최후의 음악」 「음역(音域)」처럼 음악에 관한 일반명사를 제목으로 삼은 것이 있는가 하면 「쎄잘 프랑크의 음(音)」 「올페」처럼 고유명사를 제목으로 삼은 것도 있다. 김종삼은 음악을 거의 종교적인 신성성의 영역으로 받들었을 뿐 아니라 고고함과 신비감을 지닌 종교음악적 세계에 경도되었다. 특히 벨기에 출신의 프랑스 작곡가이자 오르간 연주자였던 세자르 프랑크(César Franck, 1822~1890)에 대한 심취는 대단했다. 주목할 만한 김종삼 연구서를 남긴 권명옥은

> 사실 프랑크의 음악은 일찍이 어떤 음악이 종교적인가 아닌가를 구분짓는 데 하나의 기준으로 제안되기도 했는데 - "세자르 프랑크가 갖춘 고고한 높이, 곧 천사의 날개에 가 닿을 정도"를 종교 음악의 기준으로 삼을 것을 제안한 사람은 가브리엘 포레였다 -, 그의 음악의 저 경건성은 그대로 김종삼의 성격으로 이어지고 있다. 덕지덕지한 인생에게 음악의 '화려하지 않은 분위기와 종교적이라 할 만한 정화력(淨化力)'(『한국일보』, 1981.1.23.)이 세상을 살아가게 하는 힘이고 지상의 양식 같은 것이 된다던 말은 곧 자신의 시의 지향점이기도 했다.
>
> — 권명옥, 『김종삼 전집』, 나남, 2005, 329쪽

라고 말하며 김종삼 시의 음악에의 탐닉은 거의 종교의식에 등가하는 것이라고 평가하고 있다. 사실 김종삼은 음악에서 종교적이라 할 만한 정화력을 언급한 자리에서 음악은 그 자신에게 "지상의 양식"이라고 말한다.

김종삼이 세자르 프랑크를 언급한 시는 여러 편 남아 있다. "신(神)

의 노래/원형(圓形)의 샘터가 설레이었다//그의 건반(鍵盤)에 피어 오른/수은(水銀) 빛깔의/작은 음계(音階)//메아린 심연(深淵) 속에 어둠 속에 있었다/초음속(超音速)의 메아리"는 「쎄잘 프랑크의 음(音)」이라는 시의 전문인데 이 작곡가의 음악 전반에 관한 인상을 언어로 재현해본 것이었다. 한편 "쎄자아르 프랑크가 살던 사원(寺院)"(「앙포르멜」)이라든가, "세자르 프랑크의 별"(「파편(破片) — 김춘수씨(金春洙氏)에게」)이라든가, "세자아르 프랑크의 음악(音樂) '바리아숑'"(「최후(最後)의 음악(音樂)」) 등은 시 안에 세자르 프랑크의 음악에 관한 이미지를 담고 있는 것이다. 이처럼 한 작곡가의 음악에 사로잡혀 있다는 것은 시인의 정서적 상태가 이 음악가가 표현한 음의 세계와 공유하는 접합점이 컸다는 의미이기도 하다. 김종삼에게 있어 현실은 일종의 고해(苦海)이거나 악몽이었고, 황야나 변방, 광야 등으로 인식되는 떠돌이의 유적지(流謫地) 체험이라고 할 수 있다. 이 불행한 운명에서 구원되기 위하여 그는 시에서 천상적 조화와 평화의 세계를 찾았고 적막과 허무, 환영과 잔상의 흔들리는 감정 상태 속에 자기구원의 공간을 마련하였다. 세자르 프랑크의 음악도 그중 한 영역을 차지하였던 것이다.

그러나 김종삼은 세자르 프랑크와 같은 종교적 색채가 짙은 음악가의 곡만 좋아하였던 것은 아니다. 그는 시에서 바흐, 모차르트에서부터 드뷔시와 말러에 이르는 서양 고전음악을 대부분 수용하였다. 그는 어느 신문기자와의 인터뷰에서 어떤 음악을 좋아하느냐는 질문에 모차르트와 바흐, 드뷔시와 구스타프 말러의 곡을 좋아한다고 답한다. 그는 또 젊었을 때 낭만주의 작품을 즐겨 듣는 편이었지만 늙어서는 고전주의 작품과 실내악곡을 주로 듣는다고 말한다. 낭만성이 전혀 배어 있지 않은 고전파 악곡을 택해 듣는다는 것이다.

그렇다면 인상주의 음악은 어떨까? 나는 김종삼이 특별히 드뷔시의 음악에 사로잡혀 있었음에 주목한다. 「드빗시」라는 제목의 시는 드뷔시 음악의 인상을 이미지화한 것이고, 「드빗시 신장」은 다소 현실 감각이 배어나는 시이고, 인상주의 음악의 색채적 화음이 돋보이는 드뷔시의 피아노 모음곡 〈베르가마스크〉는 김종삼 나름의 정서적 풍경화 「베루가마스크」의 제목으로 붙었다.

김종삼은 또한 세기적 첼로 연주가인 파블로 카잘스라든가 하프시코드 주자 란도프스카, 혹은 소프라노 가수 로테 레만에게도 심취하였다.

> 나는 술꾼이다 낡은 城郭 寶座에 앉아 있다 正常이다 快晴하다
> WANDA LANDOWSKA
> J · S BACH도 앉아 있었다
>
> 獅子 몇놈이 올라왔다 또 엉금 엉금 올라왔다 제일 큰 놈의 하품, 모두 따분한 가운데 헤어졌다

시와 교양의 정신

나는 다시 死體이다 첼로의 PABLO CASALS

— 김종삼, 「첼로의 PABLO CASALS」 전문

이 시의 제목이 된 첼리스트 파블로 카잘스에 관해서는 더 이상 설명이 필요치 않을 것이지만, 제2행의 WANDA LANDOWSKA에 대해서는 조금 설명이 필요하다. 란도프스카는 20세기 전반 하프시코드 연주와 고음악 연구에 일가를 이룬 폴란드 태생의 음악가였다. 특히 J.S. 바흐와 프랑수아 쿠프랭을 중심으로 한 17세기와 18세기의 하프시코드 음악 연구의 제1인자였으며 그녀의 하프시코드 연주 이론은 현대 하프시코드 연주의 기초가 되었다. 김종삼이 란도프스카의 연주에 심취했었다는 것은 그의 음악적 교양의 수준이 일반적 감상가의 수준을 넘어 전문적인 영역에 이르러 있었다는 의미이기도 하다.

그는 또 20세기 전반의 전설적인 소프라노 가수 로테 레만도 시에 등장시킨다. "아름다운 여인/롯데 레만의 노래가 자리잡힌 곳/아희들과/즐거운 강아지와/어여쁜 집들과/만발한 꽃들과/얕은 푸른 산/초록빛 산이/항상 보이도다"라는 시 「동산」은 그가 그리던 이상향 혹은 천상의 세계를 노래한 것이다. 김종삼이 심취했던 로테 레만의 음반이 슈베르트였는지 리하르트 슈트라우스였는지는 알 수 없지만, 아부튼 그녀의 노래에서 김종삼은 천상적 아름다움을 느낄 정도로 매료되어 있었던 것 같다.

일생을 쓸쓸하고 적막하게 살았던 시인 김종삼, 단순함과 순수함으로 현실의 가난과 고독을 넘어서려 했던 시인 김종삼에게 음악은 지상의 신산한 삶 속에서 천상적 구원의 세계에 관한 허기를 메꾸어 줄 수 있는 유일한 통로요 방편이었다. 음악이 있어 시인은 행복했을 것이다. 그러나 나는 김종삼의 음악 사랑에 대하여 여전히 한구석 아쉬움과 불만을 가진다. 그의 음악 감상은 대부분 음반을 통한 것이었다. 그러나 음반으로 재현되는 음악은 한계가 있다. 음악회에 가서 살아 있는 음악을 접할 때의 감동과 감흥, 충격과 전율, 평화와 정화의 감정은 음반을 통하여 감상하는 음악과는 비교할 수 없는 차원의 것이 아니던가.

음악의 속살까지 음미한 시인

— 시인 김영태의 음악 사랑

1

우리 시대에 진정한 예술가적 기질을 갖춘 시인을 꼽으라면 작고한 김영태를 떠올리게 된다. 김영태는 미술을 전공한 화가면서 시인이고 부용평론가이면서 음악 애호가이기도 했다. 그는 단순히 인접 예술에 대한 깊은 조예를 지닌 시인에 그치지 않았다. 그는 진정한 의미에서 '예술쟁이'라는 말이 어울릴 딱 한 사람의 시인이었다. 그는 구석진 곳에서 세상을 비웃는 듯한 시니시즘의 언어를 독백처럼 흘리지만 그의 시가 지닌 애수와 정감은 특유의 머뭇거리는 듯한 감정의 복합적 무늬를 지니고 있다. 은근한 여운과 절제된 여백을 행간에 배치하는 수법을 지닌 그의 시는 어느 정도 자조적 분위기를 드러내기도 한다.

김영태 시에는 음악에 관한 많은 소재들이 등장한다. 추상적인 음악의 분위기를 끌어온 것도 있지만 대개는 구체적 악곡을 소재로 한 것들이 많다. 에릭 사티의 피아노곡, 알비노니의 오르간곡, 바흐의 칸타타가 등장하고 라벨의 피아노곡이 등장하기도 한다. 음악을 통한 이미지 제시는 묘사의 수단으로 동원된 것이고 감정의 미묘한 얼룩이나 무늬를 형상화하는 비유로 음악을 사용한 것도 있다.

초기 시『설경(雪景)』에는 그의 음악에 대한 사랑이 잘 드러나 있다. "우리 눈 높이만큼 위에 있는 음악(音樂)이다/밝은 바람이 멎은 후에/꽃나무 사이로 꽃이 없는 풍경처럼 삭막한 음악이다", "이후에 찾아올 몇몇 친구/이미 묘비(墓碑)에 잠든 이/사랑하는 이/모두 한결같이 들려주고 싶은/음악(音樂)이여/얼굴의 미소여". 이 시는 단순히 눈 내린 풍경을 묘사하기 위한 수단으로 음악을 언급한 것이 아니다. 쓸쓸함의 아름다움, 적막함의 아름다움을 그려내기 위하여 음악을 사용하였고, 이미 세상을 떠나간 사랑하던 사람들에게 전해주고 싶은 애상적 미감을 노래한 것이다.

비교적 널리 알려진 그의 시『첼로』는 악기를 제목으로 한 시이면서 악기의 음색과 연주의 느낌을 이미지로 바꾸어 형상화한 시이다.

얼음 속에 들은

엄격한 변주곡(變奏曲)

흰 눈의

소리 없는 저음(低音)

흰 살결 안에

램프를 켜고

나는 소금을 친

한 잔의 식수(食水)를 마신다

나는 살 빠진 빗으로

내리훑으는

칠흑(漆黑)의 머리칼 속에

삼동(三冬)의 활을 꽂는다

—김영태, 「첼로」 부분

첼로의 음색은 낮고 묵중하다. 첼로의 연주 기법은 엄격하면서 단정하다. 첼로곡의 연주를 듣는 느낌은 사색적이고 우아하다. 그는 이러한 악기 첼로의 음색과 연주의 느낌을 "흰 살결"이라고 말한다. 이것은 유미주의자의 감각이며 고상한 멋을 즐기는 예술 감상가의 태도다. "칠흑(漆黑)의 머리칼 속에/삼동(三冬)의 활을 꽂는다"는 묘사에 이르면 이 시인이 지닌 예술적 감각이 다이내믹한 운동감 속에 살아 있음을 보게 된다. 김영태는 음악적 교감과 자극의 감정을 이미지로 바꾸어놓는 데 능숙한 시인이었다.

음악에 직접 연결된 그의 시는 「저녁 풍경(風景)」「김수영을 추모하는 저녁 미사곡」「가을, 계면조 무게」「파리 나무십자가 소년합창단」「물의 희롱(戱弄)」「모데라토 칸타빌레」「정야(靜夜)」「무게 2」「남몰래 흐르는 눈물 24」등 헤아릴 수 없이 많다. 그중 「저녁 풍경」은 바흐의 칸타타를 소재로 한 것이고, 「물의 희롱」은 같은 제목의 라벨의 피아노 곡을 소재로 한 것이고, 「정야」와 「무게 2」는 알비노니의 오르간곡 〈아다지오〉를 소재로 한 것이다. 음악을 제목으로 삼았지만 「김수영을 추모하는 저녁 미사곡」은 김수영을 추모하는 내용의 시이고, 「가을, 계면조 무게」는 평론가 김현을 추억하는 시이며, 「모데라토 칸타빌레」는 자신의 그림을 묘사한 시이다. 「남몰래 흐르는 눈물 24」와 같은 시는 유명한 오페라 아리아를 제목으로 삼았으면서 그가 평소 좋아하던 에릭 사티의 〈짐노페디〉를 소재로 한 시로서 가장 김영태다운 시라 할 수 있다.

물 위에
따뜻한 팔이 하나 떠 있다
물속에 나는 팔을 집어넣는다
숨소리와 높은 숨소리 사이로

— 김영태, 「물의 희롱」 전문

알비노니의 아다지오

삐딱하다

의자가 두 개

사이

좁혀지는 간격의 팔이 네 개

포개어지다가 무너지다가

— 김영태, 「정야」 전문

꿈속 저쪽 끝에서 정적을 이겨내는 팔의 무게와 허리를 떠받치는 발끝의 잠시 멋음…… 길고 아름다운 정지는 알비노니의 아다지오답듯이

— 김영태, 「무게 2」 전문

위의 시들에서 보이는 것처럼 음악을 소재로 한 김영태의 시는 음악적이기보다는 회화적이거나 무용적이다. 그의 시는 음악적 교양을 바탕으로 음악과의 교감을 읊은 것이 많지만 표현에 있어서는 자기만의 독특한 이미지를 창조하는 데 음악적 표제를 사용하고 있다는 특징이 있다. 위의 시들에 음악과 관계없는 다른 제목을 붙인다 해서 이해나 감상을 방해하지는 않는다. 이것은 그가 화가이며 무용평론가라는 점과 관계가 있어 보인다. 김영태의 시는, 음악을 끌어와서

그림에 사용한 예가 된다 할 것이다. 동적인 음악을 정적인 회화로 옮겨놓은 것이 김영태 시라 할 수 있다.

더욱이 그의 시는 시에 사용된 악곡의 내용에 충실하지도 않다. 위의 시들을 읽는다 해서 라벨의 〈물의 희롱〉이나 알비노니의 〈아다지오〉를 감상하는 데 도움이 되지는 않는다. 김영태식의 감각과 감정이 표현된 그림을 이해하는 데 도움이 되거나 김영태식으로 감상한 발레나 모던댄스를 이해하는 데 도움이 될 따름이다. 이 말은 김영태 시에 나타난 음악적 모티브가 왜곡되었다거나 변질되었다는 의미가 아니라 그가 기질적으로 시간예술인 음악보다 공간예술인 회화나 육체의 동작예술인 무용 쪽에 더 기울어져 있었다는 의미다. 게다가 김영태 시는 초보적인 감상자에게는 전혀 친절하지도 않다. 그의 시가 한정된 소수의 전문적인 독자층에 주로 어필하는 이유다.

자신의 감정 상태와 음악적 내용을 잘 접합시킨 김영태 시로는 「남몰래 흐르는 눈물 24」를 예로 들 수 있다.

아프다고 한다
나만큼? 네게 말했었지
너는 아프구나, 남몰래 숨어 있는
우리는 모두 아프구나
가슴과 가슴 그 안에

손을 넣고 있어도

모자라는 듯한 덤덤함

우리가 좋아하는 그 곡을

듣고 있었어도

『짐노페디』말야,

그 곡을 만지면 없는

가만히 있으면 있는

뭐랄까 그게……

— 김영태, 「남몰래 흐르는 눈물 24」 전문

　도니제티의 오페라 〈사랑의 묘약〉에 나오는 유명한 아리아를 제목
으로 삼은 이 시는, 그러나, 그 아리아의 내용처럼 감미롭거나 서정
적이지 않다. 다소간의 상실감과 무덤덤한 듯한 모호한 감정으로 채
색되어 있다. 슬프지만 무심한 듯한 감정의 부딪침, 희미한 아픔의
기억에 사로잡힌 시인의 자의식이 빚어내는 불협화음의 정서가 지배
한다.

　인상주의 작곡가 드뷔시와 라벨에게 영향을 미친 〈짐노페디〉의 작
곡가 에릭 사티(Eric Satie)는 김영태가 특별히 심취한 음악가였다. 배
경음악(Back Ground Music)의 창시자였던 에릭 사티는 실내에 놓여 있
는 친숙하고도 익숙한 침대나 소파와도 같은 음악을 추구하여 그의

음악은 '가구의 음악'으로 불리기도 하였다. 구석진 곳에서 정물화적 소묘를 일삼았던 김영태와 이 작곡가의 기질은 서로 닮은 점이 있다. 〈짐노페디(Gymnopedies)〉는 원래 고대 그리스에서 나체의 소년이나 남자들이 아폴론 신을 찬미하여 춤추던 의식을 가리키는 Gymnopedic에서 유래한 말로 에릭 사티의 신조어였다. 단음으로 연주되는 애조 띤 선율감과 이를 지배하는 불협화음은 이 시에 표현된 것처럼 "만지면 없는/가만히 있으면 있는" 것과 같은 느낌에 기막히게 잘 어울린다.

김영태 시의 묘한 에로티시즘은 "가슴과 가슴 그 안에/손을 넣고 있어도"에서 잘 드러난다. 간결하고 무심한 듯하지만 쓸쓸하고 아픈 사랑의 흔적을 지닌 시인의 기억은 "모자라는 듯한 덤덤함"이라는 말로 압축되어 있다. 김영태가 심취했던 에릭 사티의 별명을 본떠 그의 시에 별명을 붙여본다면 나는 그의 시를 '가구의 시'라고 부르고 싶다. 그의 시가 지닌 "모자라는 듯한 덤덤함" 때문이다. 그런데 그 '가구의 시'가 지닌 묘한 품격과 우아한 아름다움은 어디서 오는 것일까? 음악의 속살까지 음미할 줄 안, 시인 김영태의 예술가적 감각의 깊이에 연유한 것이 아닐까 생각된다.

2

내가 김영태 시인과 처음 만나기로 약속한 것은 1980년대 초반 어느 날, 을지로에 있는 '은성'이라는 일식집에서였다. 그는 외환은행 본점 홍보부에 근무하고 있었는데 회사 근처의 단골 음식점에서 만나 점심을 같이 하기로 약속했던 것이다. 나는 약속 시간 조금 전에 가서 출입문 쪽을 향해 앉아 기다렸는데 시간이 지나도 그가 나타나지 않아 혼자 점심을 시켜 먹고 돌아왔다. 알고 보니 그는 나보다 조금 더 먼저 와서 출입문을 등지고 카운터 쪽에 앉아 기다리다 혼자 점심을 시켜 먹고 갔다는 것이었다. 김영태 시인과 나는 서로 등을 돌리고 앉아 투덜거리기만 하고 꼼짝도 안 한 "소 죽은 귀신에 쇠심줄"(그의 표현에 의하면)인 셈이었다. 어디가 막혀도 단단히 막힌 사람들이 아닌가?(이 이야기를 그는 『현대시학』 1990년 10월호의 「시인의 초상」 란에 쓴 적이 있다.)

그 후 나는 실내악이나 소나타를 연주하는 예술의전당 리사이틀홀 로비에서 김영태 시인을 여러 번 우연히 만났고, 친해진 후에는 한강변에 있는 그의 아파트에도 가끔 놀러 가게 되었다. 그의 좁은 아파트에는 세계 각국의 여행지에서 가져온 진기한 소품들이 빼곡히 채워져 있었다. 부러운 것은 그가 썩 고급의 오디오 기기를 지니고 있었던 점이다. 메인 스피커 외에도 저음과 고음을 살리는 작은 스피커에서 울리는 차분하고 맑은 음색이 인상적이었다.

그는 내 얼굴 캐리커처를 그려준 적이 있는데 후에 문학과지성사에서 시집『수도원 가는 길』을 낼 때 표지 그림으로 사용하기도 하였다. 1993년 나는 음악을 모티프로 한 시만을 모아『파랑눈썹』이라는 제목의 음악시집을 낸 적이 있는데 이 시집은 김영태 시인과 특별한 인연을 지니고 있다. 그가 시집 뒤의 해설을 써주었을 뿐 아니라 책에 넣으라고 여러 점의 컷을 그려주었던 것이다. 이쁜 시집 한 권 갖고 싶다는 욕심에 한껏 멋을 부려본 것인데 출판사를 잘못 만나 인쇄 상태가 좋지 않아서 불만투성이로 끝나고 말았다. 감사의 뜻으로 나는 그의 피아노 그림을 한 점 샀는데 그 그림은 지금도 우리 집 거실에 보물처럼 걸려 있다.

인상주의 음악을 특히 좋아하는 점은 그와 내가 닮은 점이다. 인상주의 작곡가 중에서도 드뷔시보다 라벨을 더 선호하는 것도 닮은 점이다. 그의 지적에 의하면 드뷔시는 대상 그 자체가 아닌 이미지를 음악으로 만들었다면 라벨은 대상이 거울에 비치듯 객관적이며 투명하게 그려낸 게 다른 점이다. 드뷔시가 감상적, 분석적이라면 라벨은 이지적이며 조형적이고 정교하다. 내 음악시집『파랑눈썹』의 발문에 씌어 있는 이 지적에 대하여 나는 동의한다.

벙거지 모자를 쓰고 항상 자세를 조금 숙이고 걷는 김영태는 스타일리스트였다. 단순한 겉멋이 아니라 예술의 속살을 만지고 사랑하며 음미한 진정한 멋쟁이였다. 그는 자신을 가리켜 "빌어먹을 사티

시와 교양의 정신

병자"라고 말하기도 했지만, 내가 에릭 사티의 음악이 지닌 미묘한 울림과 아름다움을 발견하게 된 것은 그의 영향이었다. 이제는 딴 세상 사람이 된 멋쟁이 선배시인 김영태를 추모하는 뜻에서 그를 소재로 쓴 졸시 「짐노페디」를 소개하면서 이 글을 끝맺는다.

까치머리 중늙은이 시인은
에릭 사티의 짐노페디에 반해 있다
그의 시를 공연했던 발레 무대에는
빼빼 마른 젊은 무용수가
나비처럼 날아다녔다
시든 깃털 같은 손으로 허공을 어루만졌다

돌아오는 길에 그가 그린 포스터를 한 장
얻어왔다 망사구두 같은
에릭 사티의 짐노페디 몇 조각도
함께 묻어왔다

— 조창환, 「짐노페디」 전문

시집 『파랑눈썹』과 음악 시편들

시집 『파랑눈썹』

필자가 1993년에 발간한 시집 『파랑눈썹』은 음악시집이었다. 음악 일반에 대한 추상적 감흥이 아니라 구체적 악곡을 대상으로 촉발된 음악적 감흥을 시적 언어로 재구성한 작품들만을 모아 한 권의 시집으로 묶어 펴낸 것은 아마도 이것이 유일한 예일 것이다. 이 시집은 라벨의 〈볼레로〉〈밤의 가스파르〉, 에릭 사티의 〈차가운 소곡〉, 알비노니의 〈아다지오〉, 벨라 바르토크의 〈관현악을 위한 협주곡〉, 브람스의 〈현악 6중주 제1번〉, 베토벤의 〈바이올린 소나타 제9번〉, 차이콥스키 〈피아노 3중주〉, 막스 브루흐의 〈콜 니드라이〉 및 올리비에 메시앙의 〈시간의 종말을 위한 현악 4중주〉 등의 서양 고전음악을 주 대상으로 하고, 이생강의 피리 연주나 임방울의 판소리 등의 우리 국악에서 시적 영감을 얻은 작품들이 포함되어 있다.

음악의 감흥이나 느낌을 시의 이미지로 바꾸어 표현하는 일은 소리를 언어의 그림으로 바꾸겠다는 것이어서 한계를 지닐 수밖에 없었다. 그러나 이 일은 내게 특별한 흥분과 만족감을 주었다. 언어의 구상성이 지닌 굴레를 벗어버린 음악은 영혼의 본질이나 존재의 근원에 닿아 있는 것처럼 느껴졌다. 음악에 비하면 시는 얼마나 비예술적이고 세속적인 형식인 것인가. 그러나 시에 비하면 음악은 또 얼마나 모호하고 막연한 형식인가. 음악을 소재로 시를 쓰는 일은, 그러니까, 추상적인 것을 구상적인 것으로 바꾸는 일이거나 애매한 정서를 구체적 형상으로 바꾸어놓는 일이라 할 수 있다.

시의 음악성이란, 물론, 언어의 리듬감을 바탕으로 한다. 일정한 위치에 일정한 음운 요소가 반복되는 운이나, 시행을 일정한 덩어리로 묶어 나누는 율격이 언어의 리듬감인데 이것은 음악이 지닌 본질적 음악성에 비하면 초라하기 짝이 없는 것이다. 각종의 악기가 지닌 소리의 색감과 선율, 화음과 구성은 물론이고 음의 미묘한 무늬와 그것들이 가져다주는 정서적 울림은 인간의 영혼에 직접적으로 호소하는 힘을 지녔다. 그런 의미에서 시가 음악을 닮으려고 해서는 안 된다. 시는 언어의 구체적 의미를 활용하는 수밖에 없다. 시가 예술일 수 있는 점은 언어의 구체적 의미를 창조적으로 재조직하여 상상의 공간에서 새로운 세계를 만들어 보여주기 때문이다.

　시는 음악의 성역인 시간성과 함께 미술의 영역인 공간성도 지닌다. 이미지에 의한 구상적 형상력은 시의 독자적 영역이다. 이미지라는 면에서는 시는 회화를 닮았다고 할 수 있다. 언어의 관념적 메시지라는 면에서 보면 시는 철학을 닮았다고 할 수 있고, 언어의 사회적 기능이라는 면에서 보면 시를 사회적 목적이나 현실적 유용성을 위해 사용할 수도 있다. 이런 의미에서 나는 음악을 소재로 시를 쓴다는 일을 음악적 정서를 회화적 이미지로 바꾸어보는 일과 동의어로 생각하였다.

울림과 떨림, 흐름과 여운

　　　　　　서양 음악에서는 리듬과 선율과 화음을 음악의 기본 요소라고 가르친다. 그러나 국악에서는 소리의 진함과 묽음(濃淡), 울림과 떨림, 흐름과 여운 같은 것을 중시한다. 기계적 정확성을 위하여 메트로놈을 발명한 합리주의자들과, 정서적 진동과 파장을 완전히 개인의 판단에 맡기는 우리의 경우는 출발부터 서로 다른 차원에 속한다. 양쪽을 모두 존중해야겠지만 나로서는 우리 음악이 지닌 울림과 떨림의 미학에 대한 매력을 쉽게 떨쳐버릴 수 없다.

시와 교양의 정신

오르간 연주를 들을 때 나는 소리의 울림과 떨림, 흐름과 여운이 지닌 마력에 빠진다. 오르간 연주는 공명이 큰 성당 건물 안에서 들어야 제맛이 살지만, 아쉬운 대로 음반으로 들을 때는 알비노니의 〈현과 오르간을 위한 아다지오〉도 쓸 만하다. 조용한 새벽 오래 기다리던 사람을 생각하며 이 곡을 들어보라. 다소 감상적인 분위기가 넘치기는 하지만 가슴이 무너지는 안타까움 같은 것이 느껴지지 않는가. 시간이 정지되고 아득한 곳에 멀리 떠 있는 막연한 섬 하나 떠오르지 않는가.

<u>흐르는</u>
섬
하나

길고
따뜻한
평행선

끝과
끝
사이

정지된

시간의

무게

알비노니의

아다지오

— 조창환, 「수평선」

소리를 이미지로

        라벨의 〈볼레로〉는 아주 단순한 곡
이다. 처음에는 희미한 어둠 속에서 거의 들리지 않을 정도로 시작되
는 리듬이 안개 속으로 다가오다가 점차 뚜렷해지고 점층적으로 강
해지면서 빨라지다가 마침내 폭풍처럼 휘돌면서 끝맺는 단일한 리듬
을 지니고 있다. 집요하고 단순한 음악적 주제의 반복, 대칭적인 선
율구조의 간결함과 명료함, 그리고 색채와 리듬에 대한 강조가 이 음
악의 특징이다. 이 곡은 발레로도 공연되어 유명하지만, 나는 이 이
곡을 들으면서 기진할 때까지 춤추다가 쓰러지는 두 사람의 무용수
를 떠올리곤 한다. 〈타란텔라〉 같은 죽음의 춤이라는 분위기인데, 나
는 이 음악을 행진에 비유하여 다음과 같이 썼다. 시의 이미지들이

시와 교양의 정신

음악의 내용과 일치할 수는 없겠지만 연하고 약한 것들에서 시작하여 점차 뚜렷하고 강한 것으로 전개되는 방식은 동일하다 할 수 있다. 들릴 듯 말 듯한 희미한 소리에서 시작하여 귀청이 찢어질 정도의 굉음으로 발전하는 단순한 리듬은 이 시에서 "……이 걸어온다"는 단순한 문장을 반복하면서 희미하고 부드러운 이미지로부터 강렬하고 격정적인 이미지로 발전한다.

희미한 공기 덩어리가 걸어온다
안개를 헤치고, 피리 소리들이 걸어온다
푸른 스카프를 걸친, 홰나무들이 걸어온다
열린 문(門)들에서, 구름의 신발들이 걸어온다
닭털 모자들이 걸어온다
섞은 전류(電流)들이 걸어온다
강철로 된, 비탈이 걸어온다
유황(硫黃)과, 산(酸)이 걸어온다
황금빛, 기관차가 걸어온다
불과, 파도와, 수증기와
깃발들이 걸어온다

— 조창환, 「볼레로」 전문

향기, 낮은 울림의 호수

현악곡을 들을 때는 마음이 편안해진다. 실을 긁어서 내는 현악기의 음색이란 금속이나 나무, 혹은 가죽으로 만든 악기와 달라서 소리가 부드럽고 연하기 마련이다. 그렇더라도 가야금이나 거문고 같은 우리 악기는 현을 뜯는 것이어서 소리의 짙고 묽음이나 떨림과 여운에 의지하지만 서양의 현악곡들은 선율적 미감에 호소하는 면이 강하다. 바이올린의 음색이 때로 너무 밝고 화려하게 느껴지기도 하고 첼로의 음색이 때로 너무 어둡고 사색적으로 들리는 경우가 있다. 이 악기들의 조화와 화음이 빚는 현악 4중주나 6중주를 들을 때는 인간이 지상에서 만날 수 있는 가장 평화로운 감정을 체험할 수 있기도 하다.

브람스의 현악 6중주 제1번 2악장을 들으면 이것은 인간이 만든 가장 아름다운 소리라는 생각이 든다. 성숙된 평화와 가슴 서늘한 사랑의 향기를 음악으로 나타낸 것이 아닐까. 나는 이 곡을 들으면 갈꽃이 하얗게 흔들리는 강가에 마주 보고 앉아 있는 중년의 연인 두 사람을 연상한다. 말이 필요 없는 자리에 음악이 있다.

갈꽃이 하얗게 흔들린다
바람의 손가락들이 호수를 건너간다
중년의 연인 둘이

시와 교양의 정신

브람스의 현악 6중주

제1번 2악장의

길고 깊은 도입부를 바라다본다

바라봄의 아름다움

낮은 울림의 흐름이 마주 보면서

더욱 깊은 울림의 호수를 이룬다

마주 볼수록 수줍어지는

— 조창환, 「향기」 전문

드뷔시와 라벨, 에릭 사티

구성적인 음악을 싫어하는 것은 아
니지만, 나는 인상주의 음악을 즐겨 듣는 편이다. 드뷔시, 라벨, 에릭
사티……. 이런 작곡가들의 음악은 시적이다. 구성적 형식미보다는
이미지에 치중한 점이 그렇고, 대상의 묘사에 관한 작곡가의 태도를
엿볼 수 있는 점이 그렇다. 길이가 짧고, 미묘한 소리의 무늬를 섬세
하게 다루는 점도 시적이다. 드뷔시는 대상 그 자체가 아닌 이미지를
음악으로 만들었으며, 라벨은 대상이 거울에 비치듯 객관적이며 투
명하게 그려낸 게 다른 점이라고 하지만, 이들의 음악은 감각적이면
서 환상성을 지니고 있어서 아름답다. 정교하고 감성적이고 조형적

이다. 나는 드뷔시보다는 라벨을 더 즐기는 편이지만 에릭 사티의 음악도 좋아한다. 고독과 침묵, 구석진 자리의 아름다움을 보여주는 그의 음악은 문학이 지닌 이미지와 통한다 할 수 있다. 에릭 사티의 〈차가운 소곡〉을 시로 쓴 것이 있다. 나는 이 시를 "마른 물방울들이 어깨를 기대면서/천천히 걸어온다"라고 시작하고, "소리의 틈서리에/하나씩의 은빛 못을 박으면서"라고 끝맺었다. 드뷔시의 〈영상〉을 소재로 쓴 시를 인용해본다.

> 흰 손가락들이 물고기 떼처럼
> 흩어지면서 미끄러진다.
> 유채꽃밭이었다가
> 안개 밀리는 항구였다가
> 잎사귀 사이를 지나는 종소리였다가
> 다시 보석알 묻은 달빛으로 흐른다
> 부딪치면서 어루만져지는
> 물방울들의 탄력
> 영아(嬰兒)들의 숨소리가 풍선 속에 들어 있어
> 고양이 털로 쓰다듬는
> 그늘
> 뱀눈들이 달빛줄기 사이에서

떠오르다가 침묵하다가

베일 뒤편에 드문드문 앉아 있다

— 조창환, 「드뷔시」 전문

눈물, 형이상학적인

　　　　　　시를 읽고 울어본 일은 없지만 음악을 들으면서 눈물을 흘린 일은 있다. 오래전 서울에서 공연된 모스크바방송교향악단의 연주였는데, 시벨리우스의 〈바이올린 협주곡 D단조〉의 도입부에서 바이올린의 솔로가 길게 이어질 때 갑자기 가슴이 서늘해지고 목이 메면서 눈물이 흘렀던 것을 기억한다. 슬픈 일도 전혀 없었고, 이 음악에서 연상될 만한 특별한 사연이 있었던 것도 아닌데, 그냥 눈물이 흐른 것이다. 나는 평소에도 감상적인 기분에 사로잡히는 것을 그리 달가워하지 않는 편이어서 박용래 시인처럼 펑펑 우는 사람을 이해할 수 없다고 생각해왔다. 그렇다면 이런 경우는 어떻게 설명해야 할까. 연주회장을 나와서 돌아오는 길에 나는 그것이 미학적 슬픔의 경지에 속하는 것이며 형이상학적인 비애감의 영역에서 우러나는 목적 없는 아픔인 것을 알았다. 동트기 전의 새벽 바다에서 아득한 수평선을 바라볼 때, 너무 투명해서 미칠 것 같은 하늘 끝으로 걷다가 사라지고 싶은 길 하나 아스라이 사라지는 것을 바라볼 때, 혹은 그런 인상을 주는 어떤 얼굴을 발견했을 때 느끼게 되는 가슴 서늘함과 비슷한 것이 아닐까.

아는 것과 좋아하는 것과 느끼는 것은 동일한 차원의 인식이 아니다. 지식과 정서의 영역에서 아는 것과 좋아하는 것을 구별할 수 있다면, 느끼는 것은 운명적 체험의 영역에 속한다. 사람을 사랑하는 일이 어디 지식이나 정서로 설명되는 일이던가. 음악을 느끼는 일도 이와 같다. 그런 의미에서 나는 포스트모더니즘이니 실험시니 하는 것들의 한계를 본다. 이런 시들이 신기하거나 기교적이거나 공감할 수 있는 부분이 있어 그 나름의 존재 가치를 가지는 것을 부인할 수는 없지만, 거기서 가슴을 울리는 감동을 느끼지는 못하기 때문이다. 그런 시작 태도에서는 시가 꼭 사람을 감동시켜야 하느냐고 묻는 지경까지 가야 한다. 파편화된 삶의 고립된 자기표현이란 본래 타자에 대한 무관심에서 출발하는 것이어야 한다.

피에르 푸르니에와 야노스 스타카

존재는 시간 속에 있다. 이 명제에 가장 합당한 형식이 음악이다. 모든 음악은 일회적이다. 일회성 속의 영원성 - . 그것이 음악의 매력이다. 종이 위에 기록된 악보는 음악에 대한 지시이지 음악 그 자체는 아니다. 연주될 때 비로소 생명을 얻

시와 교양의 정신

는 음악의 운명이란 허무와 맞닿아 있다. 그러므로 진정한 음악가는 연주자이다. 이때의 연주자는 해석자이며 비평가인 동시에 창조자가 된다. 때로 개성 있는 연주자의 해석은 같은 곡을 아주 다른 느낌으로 바꾸어놓을 수 있기도 하다. 작곡가의 의도를 잘 살리는 것이 최선의 연주인가, 연주자의 개성에 의한 악곡의 새로운 해석이 더 바람직한 것인가는 해답 없는 논쟁거리에 불과하다. 뛰어난 연주는 이러한 논쟁 너머에 있다.

드보르자크의 〈첼로 협주곡 B단조〉를 예로 들어보자. 피에르 푸르니에의 연주는 유려하고 윤기가 많으면서 유장한 느낌을 준다. 반면, 야노스 스타커의 연주는 스타카토로 끊어지면서 강약이 보다 분명하고 사색적인 인상의 연주이다. 서정적인 해석과 철학적인 해석의 차이는 음악의 빛깔과 성격을 결정한다. 연주 시간도 차이가 있어서 푸르니에가 51분 정도에 이 곡을 연주하는 데 반해 스타커는 46분 정도로 연주한다. 이것은 큰 차이다.

시는 혼자 완성할 수 있다는 점에서 이런 복잡한 운명을 갖지 않는다. 대신 독자의 비평적 안목과 시인의 의도가 전혀 어긋나는 곳에서 마주칠까 봐 두려워할 뿐이다. 의도의 오류니 발생론적 오류니 하는 것들은 시의 해석자의 입장에서 보면 오류가 아니다. 어쨌든 좋은 시는 이런 논쟁을 뛰어넘는다는 점에서 예술적 가치 판단의 공통점이 있다.

사색의 흔적과 메시지

순수한 형식이라 해서 음악에 관념성이 담기지 않는 것은 아니다. 사색의 흔적을 언어로 풀어서 말하지 않는다뿐이지 메시지가 강한 음악이 있다. 모차르트가 감각적이라면 베토벤은 사색적이다. 중세의 종교음악에는 신성성에의 흠모와 신에 대한 외경심이 깔려 있고, 메시앙의 〈시간의 종말을 위한 4중주〉에는 현대를 바라보는 작곡가의 인식이 자리 잡고 있다. 그렇다 하더라도 음악은 언어의 논리가 넘어선 곳에서 메시지를 표현하고 전달한다. 암시적이며 은폐적이라는 점에서 음악은 문학보다 자유롭고, 따라서 더 예술적이다.

음악과 시의 본질

음악과 시의 교류에 대해서는 어떻게 보아야 할까. 드뷔시가 말라르메의 시를 음의 이미지로 바꾸어 표현한 〈목신의 오후에의 전주곡〉은 시를 음악으로 재현하려 한 대표적 예다. 오네게르의 〈여름의 전원곡〉이 랭보의 시구 "나는 여름의 전원을 안았다"를 음의 그림으로 바꾸어 표현한 것도 그렇다. 그러나 드뷔시의 음악은 음악이지 시가 아닌 것처럼 말라르메의 시는 음악이 아니다. 음악을 시로 바꾸어 쓰는 일에 있어서도 사정은 마찬가

시와 교양의 정신

지다. 시의 음악성이란 의미와 동떨어져서 존재하는 것이 아님을 상기할 필요가 있다. 의미가 없이 위대한 음악미만을 갖는 시가 있을 수 없다는 T.S. 엘리엇의 말은 음미할 만하다. 음악에 대한 감동은 시인에게 있어서는 예술적 교양에 해당하는 것일 뿐 시의 형식적 본질을 바꾼 음악적 시가 따로 존재하는 것은 아니다. 시의 리듬과 구조에서 음악적 특성을 살릴 수는 있지만 그것은 어디까지나 시의 본질에 합당한 것이어야 한다.

시집『파랑눈썹』의 시들도 어디까지나 시의 형식적 본질에 합당한 방식으로 쓴 시들이지 시의 형식으로 음악을 닮으려 한 것은 아니었다. 예술적 교양의 차원에서 받아들인 음악의 감흥을 시 속에 용해시켜 재창조해본 것이었다.

디지털 시대의 문학적 대응

1

컴퓨터와 스마트폰을 비롯한 새로운 IT기기들은 우리의 생활과 문화, 나아가 의식과 사고의 패러다임을 급속도로, 전면적으로 변화시켰다. 아날로그 시대의 흔적은 이미 박물관에서나 찾아볼 수 있을 뿐이고 전자 시대로 대변되는 디지털 문화를 공기처럼 숨 쉬면서 살아가는 시대가 되었다. 문자문화의 종언과 전자 시대의 도래를 예견한 매클루언의 문화사적 변화는 이제 피할 수 없는 현실이 되었다. 그것은 원시부족사회의 '기억권', 제국주의 시대의 '언어권', 근대이성의 '문자권'을 거쳐 미디어가 주도하는 IT, 디지털의 '영상권'으로 진입하였다는 의미이다.

디지털 문화를 주도하는 층은 소위 N세대라고 일컬어지는 새로운 세대이다. network 세대, netizen 등으로 불리는 이 젊은 세대는 new, next, new type 등의 단어에 열광한다. 그들은 최신의 정보기술을 활용하는 능력을 지녔으며, 인터넷 네트워크로 소통하고 연결되는 세대이다. 독립성이 강하고 감성적이며 지적 개방성을 지닌 이들의 특징은 자유로운 표현, 확실한 자기 소신, 호기심과 탐구정신 등이다. 카카오톡, 페이스북, 트위터 등 대화를 통한 공동체 의식을 지녔다는 점도 이들의 특징이다.

감각적이고 비논리적이며 스피드를 중시하는 이 세대의 특징을 설명하는 데 흔히 사용되는 단어는 feeling, fiction, feminine, fusion 등이다. 그들은 뛰는 개성을 중시하고 다양하고 확고한 자기주장을 피력하는 그룹이면서 적극적으로 대중문화를 향수하는 계층이다. 또한 사이버, 픽션, 가상공간에 친숙하며 컴퓨터에 예속된 세대라 할 수 있고, 여권 확장과 남녀동등권에 관심을 갖는 여권주의자면서, 혼합문화에 길든 세대이기도 하다. 이들의 문체에는 구어체와 문어체의 구분이 없으며 은어, 약어 등을 거리낌 없이 사용한다. 다양성을 인정하고 자신감과 자립심이 강한 이 세대에 의하여 주도되는 새로운 문화는 문학의 생산과 표현 방식에 큰 변화를 가져왔다.

디지털 문화는 단순히 정보의 저장 수단과 정보 향유의 편리성만을 가져온 것이 아니다. 표현 매체의 변화에서 비롯된 디지털 문화의 영향은 문학적 생산의 방식과 소비의 유형을 근본적으로 변화시켰다.

디지털 매체의 가장 큰 특성은 비선형성이다. 디지털 문학은 작자가 생산하고 독자가 소비하는 고정된 선형적 전달 방식과 역할 분담에 놓이지 않고 다원적이고 쌍방향적인 소통 관계에 놓인다는 점에 특징이 있다. 인터넷상에서는 누구든 원작에 대하여 의도된 개작을 거리낌 없이 시행하고, 독자는 단순한 문학작품의 향수자가 아니라 부분적으로 개작에 참여하는 적극적인 창작 주체가 된다. 이러한 풍조가 바람직한 것인가, 혹은 올바른 것인가의 논의는 일단 미루어두기로 하고 현실적으로 문학을 대하는 태도가 변화되었다는 점은 인정하지 않을 수 없다.

인터넷상에서는 본명 대신 아이디가 통용된다. 아이디의 익명성에 기대어 자유롭게 행해지는 이러한 행위는 필연적으로 원본의 훼손과 해체를 야기한다. 원본에 대한 존중이 사라진다는 것은 저자의 권위를 무시한다는 것이며 문학적 상상력은 독창적이어야 한다는 신성불가침의 영역에 대한 반역이며 냉소라 할 수 있다. 부분복사라든지 의도된 표절 등은 탈권위적이며 반체제적인 일탈 욕구에서 비롯된 것이다. 그것은 자기검열 기제의 부재에서 비롯된 반도덕적 문학 행위이지만 익명화된 사이버 공간 안에서는 수치심이 감추어진다.

사이버스페이스 안에서는 누구나 정보를 자유롭게 입수하고 활용하며 재창조할 수 있기 때문에 타인의 글은 단순한 자료에 불과하고 이를 재료로 하여 새로운 텍스트로 확장시켜나가는 곳에 나름대로의 창의성이 있다는 식으로 변명하는 일이 익숙해졌다. 인터넷상에서 '비트'라는 비물질화된 텍스트는 언제든지 지워버리거나 고쳐 쓰거나 바꿔치울 수 있다. 따라서 원본은 절대성을 지니는 대신 수시로 재생산되는 새로운 텍스트의 재료가 되며, 뒤이어 등장하는 또 다른 텍스트에 자기 자리를 넘겨주는 운명을 지닌다. 당연히 권위적인 것에 대한 존중이 사라지고 누구나 창작에 참여한다는 인식이 확산된다.

이러한 현상은 구술성과 문자성의 혼란을 야기한다. 사이버스페이스의 대화방이 이러한 공간이다. 누구든지 인터넷상에서 댓글을 달아 자기 의견을 올리기도 하고 타인의 의견을 반박하기도 한다. 여기 올리는 글은 대부분 구어체이며 순간적 감정에 치우친 것들이다. 즉 흥성과 순발력, 과장된 일상적 표현과 무책임하고 정제되지 않은 언어가 자유롭게 통용된다. 다자간의 친화와 소통은 불연속적이며 파편화되어 있다. 문학동호인들이 온라인상에서 행하는 공동창작 혹은 집단창작은 이러한 행위를 실험하는 예라 할 수 있다. 집단의 참여는, 그러나, 참여 인원의 숫자로 측정되거나 상호 관계의 강도에 의해 평가될 일은 아니다. 대부분의 경우 이러한 실험이 실패로 돌아가는 이유는 언어를 대하는 문학적 기본 소양의 부족과 메시지의 진정성 부족 때문이다.

사이버스페이스는 가상공간이다. 그것은 원래 정보를 전달하고 저 상하는 통신 공간이었지만, 이제는 누구나 자유롭게 가입하고 등록 하고 의사표현할 수 있으며 탈퇴하거나 무시할 수 있는 또 하나의 사 회가 되어 있다. 이 사회의 시민은 책임이나 의무에서 자유롭기 때문 에 철저하게 개인주의적이며 비권위적이다. 자유분방함을 특징으로 하는 이 사회에서는 누구든지 자기를 노출시켜 욕망을 해소할 수 있 기도 하고, 타자화된 욕망을 훔쳐보는 일도 가능해졌다.

'이어쓰기'와 '고쳐쓰기'로 대변되는 사이버 텍스트의 또 다른 특 징은 장르 개념의 무시와 혼란 혹은 장르의 뒤섞임 현상이다. 창작과 비평의 개념이 문자문화에서처럼 존중되지 않고 상호 침투되고 중첩 되어 새로운 장르의 텍스트를 생산해내기도 한다. 글쓰기의 권위가 무너지고, 문화적 규범의 구속으로부터 자유로워진 이러한 태도는 문학의 근본이 되는 가치 체계를 훼손시킨다. 또한 작가와 독자의 구 분이 희미해진 지점에서 등장한 아마추어 작가들은 '일상작가'라는 새로운 그룹을 형성하여 소통 구조의 수평화를 이룬다.

디지털 문화는 매체의 문화다. 디지털 매체에 의한 변화를 이끄는 대표적인 것으로 멀티미디어화를 들 수 있다.

아직은 초보적인 단계지만 영상, 음악 등과 언어가 종합된 멀티포 엠이라는 새로운 양식을 실험하는 것은 시 예술의 멀티미디어화로의 변모를 나타내는 예가 된다. 문자시가 오랫동안 누려온 논리성과 메

시와 교양의 정신

시지의 무게를 벗어버리고 다중감각적인 토털 엔터테인먼트의 시를 제작하는 일이 멀티포엠이 지향하는 바다. 창작과 감상을 공유하며, 사색적 문학의 특징인 추상화, 기호화, 논리화로부터 해방된 이 형식이 시의 낭송과 영상미학과 음악적 효과가 결합된 입체적 예술장르로 자리 잡을 수 있을 것인지 주목된다.

서사 양식의 경우는 더 적극적이다. 디지털 시대의 서사 양식은 소설 이외에 설화, 동화는 물론 역사, 일기, 기행문 등 언어로 된 장르뿐 아니라 영화, TV, 드라마, 뮤직비디오, 애니메이션, 컴퓨터 게임, 광고 등 비언어적 모든 스토리텔링 양식을 포괄한다. 이러한 스토리텔링 양식은 언어나 문자로 표현될 때 문학이 되며, 영상 매체에서 표현될 때 영화가 되고, 디지털 매체에서 표현될 때는 게임 등 디지털 서사가 된다. 매체 간의 통합과 넘나듦은 서사 양식의 새로운 패러다임을 요구하게 되었다. 감각적인 언어, 현실과 비현실의 경계를 무너트린 풍부한 상상력, 창의적이면서 대중의 기호에 어울리는 표현, 시대의 흐름에 발맞춘 문화적 통찰력 등이 필요하게 되었다. 우연성과 불확정성, 개연성과 다가치성 등은 기존의 서사 양식을 지탱하던 창작법을 허물어트렸다.

이제 우리 문화는, 디지털 혁명에 의하여, 존재하는 현실 공간 위에 '사이버스페이스'라는 또 다른 현실 공간을 얹어놓고 살아야 하는 운명에 처해졌다.

2

        그러나 우리는 디지털 매체에 의한 문학 창작의 한계와 역기능에 대하여도 진지하게 검증해볼 필요가 있다. 주체의 상실 문제, 비전문적 작가층의 문제, 익명성의 무책임성, 비언어화의 경향과 장르 개념의 혼란 등에 관하여 검토해보아야 한다.

  디지털 창작의 한계와 문제점을 드러낸 대표적인 예가 하이퍼텍스트(hypertext) 문학의 실험이다. 하이퍼텍스트 문학의 독자들은 하이퍼링크(hyperlink)를 통해 작품의 구절 혹은 단어들을 선택하여 이어쓰기나 덧붙여 쓰기를 행한다. 이러한 비선형적 문학 형식은 롤랑 바르트(Roland Barthes), 미셸 푸코(Michel Foucault), 질 들뢰즈(Gilles Deleuze), 자크 데리다(Jacques Derrida) 등 포스트모더니즘 학자들의 논의를 이론적인 배경으로 두고 있으며, 지난 20여 년간 미국과 유럽을 중심으로 이에 대한 방법론적 논의가 활발하게 진행되어왔다.

  시의 경우를 예로 들어 말한다면, 우리나라에서는 지난 2000년, 한국문화예술위원회에서 '언어의 새벽'이란 이름으로 하이퍼텍스트 시 프로젝트를 진행한 예가 있다. 김정란 시인과 정과리 평론가의 주도하에 진행된 이 프로젝트는 김수영 시 「풀」의 첫 구절 "풀이 눕는다"를 씨앗글로 하여 시인과 일반 독자들이 이어쓰기한 디지털 시 창작이었다. 그러나 이러한 시도는 하이퍼텍스트 문학의 확장 가능성을 타진해보았다는 실험적 의의 외에 이렇다 할 문학적 성과는 찾아볼 수 없는 결과를 낳았을 뿐이었다. 최소한의 인과관계도 결여된 파편적인 언어의 나열을 시라고 할 수는 없기 때문이다.

최근에는 독자들이 좋아하는 시인의 작품을 인터넷상에 올리고, 여기서 마음에 드는 구절을 클릭하여 자신의 시를 짤막하게 덧붙이는 '팬포엠(fanpoem)'이라는 새로운 형식이 등장하기도 하였다. 독립적인 시들의 연결로 연작시를 이룬다는 점에서 또 다른 하이퍼텍스트 시 창작의 한 예가 되지만, 이 역시 문학적 가치는 찾아보기 어렵다. 시를 사용한 엔터테인먼트 혹은 오락성을 지닌 이벤트에 불과하다고 볼 수 있다. 이는 10대 청소년들의 팬클럽에서 좋아하는 연예인의 복장이나 몸짓, 말투를 흉내 내고 즐기는 행태와 유사하다 할 것이다.

소설의 경우, 인터넷 공간에서 창작되고 읽히는 〈당신이 만드는 소설〉을 예로 들 수 있다. 정해진 플롯이나 줄거리도 없고, '왜?'라는 물음에 대한 논리적 설명도 결여된 채, 즉흥성과 감각성만 있는 하이퍼텍스트 소설에서는 캐릭터의 성격이라든가 등장인물 상호 간의 갈등을 찾아볼 수 없다. 다중이 참여하는 창작물인 만큼 선택지에 따라 이리저리 왔다 갔다 하는 '생각 없는 캐릭터'가 있을 뿐이다. 다듬어지지 않은 문체, 중심인물의 부재, 플롯이나 스토리에 대한 미완성 등을 지닌 채 참여자끼리만 주고받는 이러한 양식은, 새롭기는 하지만, 저급한 문학적 생산물을 퍼트리는 데 기여할 따름이다.

문학적 인식 주체로부터 자유로워진다는 것은 단순히 작가의 권위를 부정한다는 데 그치는 것이 아니다. 그것은 창작 주체의 관점을 무화시키며 존재에 대한 사색의 깊이를 천박하게 하여 작품에 담긴 메시지의 중량감을 잃어버리게 한다. 카리스마를 지닌 인식 주체가 없어진 자리에 놓이는 것은 사유의 깊이가 거세된 찰나적 감각의 언어가 남을 따름이다. 체험의 흔적이라든가 생의 상처와 고뇌라든가 진지한 내적 성찰이 사라진 자리에 남는 것은 장난기 섞인 표피적 언어의 유희뿐이다.

문학적 소양이 결여된 비전문적인 작가층이 대두하는 현상에 대하여도 문학적 향수 계층이 넓어진다고 하여 긍정적으로 받아들일 일만은 아니다. 문학 장르의 특성에 대한 인식이 미흡한 아마추어 동호인들의 범람은 기법적 훈련이 준비되지 않은 미숙한 작품을 함부로 유통시켜 문학작품의 품위와 수준을 저하시킨다.

익명성이 야기하는 무책임성은 더욱 심각한 문제다. 원작을 존중하지 않고 부분복사와 표절이 난무하며 창작보다는 개작에 몰두하는 현상은 문학에 대한 진지한 접근 대신 말초적 유희성을 지닌 일회적 소모품으로 작품을 다루는 태도를 야기한다.

장르 개념의 혼란도 바람직한 현상으로 볼 수 없다. 문학적 양식의 규범적 한계를 벗어나려는 노력 때문이라면 긍정적으로 받아들여야

시와 교양의 정신

하겠지만 문학 양식의 예술적 구조에 대한 몰이해에서 비롯된 것일 경우에는 거칠고 파괴적인 무책임한 폭력이라 할 수 있다.

사이버 공간에서 행해지는 이러한 거칠고 무잡한 행위에 대하여 그것이 오늘날의 문화적 현상이라 용인하여야 할 것인가? 문학의 미래를 위하여 전문적인 문인들이 적극적으로 가치평가에 나서 자기주장의 목소리를 내야 할 때가 아닌가 한다.

3

이제 우리는 본격문학과 사이버문학을 구분해야 하는 시점에 이르렀다.

시의 경우를 예로 들어보면, 문자 매체를 사용하되 디지털 환경을 시 속에 수용하는 본격문학의 경우는 보다 전문적이고 예술적인 수준을 구현하고 있다. 앞서 살펴본 디지털 창작시가 문학적 소양이 부족한 아마추어 그룹의 소산이라면 문자시의 경우는 전위적 실험시를 쓰는 시인들이 작품에서 신선한 미학적 구조물로 형상화되어 나타난다.

탈권위적이고 탈중심적이며 장르 해체를 용인하는 태도는 포스트모더니즘의 문학적 지향과 상통한다. 다른 점이 있다면 포스트모더니즘의 시는 훈련된 전문적인 시인들이 문학적 이론과 이념으로 무장하고 자기옹호를 하는 데 비하여 디지털 문학의 작자들은 본능적이며 감각적인 아마추어라는 점이다.

디지털 매체의 비선형성은 사실과 허구의 경계가 모호해진 지점에서 의식의 혼란을 드러낸다. 그러나 문자시를 고수하는 시인들의 입장은 창작에 있어서의 주체의 중요성을 훼손시키지 않는다는 점에서 전통적이며 보수적이라 할 수 있다. 이들은 시 작품은 여전히 시인의 세계 인식과 표현의 수단이며 문학적 상상력은 시인이 지닌 독창적인 영역임을 존중한다. 새로운 매체의 등장으로 인한 문화적 환경의 변화는 시인이 적극적으로 관심을 기울여야 할 대상이 될 뿐 글쓰기의 본질을 변화시키는 것은 아니다. 그런 의미에서 디지털 환경은 현대시의 지평을 넓히고 변화시키는 동인으로 작용할 따름이고 시 양식의 파탄이나 종말을 가져오는 것은 아니다. 디지털 환경을 현대시의 자양으로 흡수하여 형상화한 다음의 시를 살펴보자.

검색어 나에 대한 검색 결과로

0개의 카테고리와

177개의 사이트가 나타난다

나는 그러나 어디에 있는가

나는 나를 찾아 차례대로 클릭한다

광기 영화 인도 그리고 나 ……나누고

……나오는 ……나 홀로 소송 ……또나(주) ……

　　　나누고 싶은 이야기 ……지구와 나 ……

　　　따닥 따닥 쌍봉낙타의 발굽소리가 들린다

　　　오아시스가 가까이 있다

　　　계속해서 나는 클릭한다 고로 나는 존재한다

　　　　　　　　　— 이원, 「나는 클릭한다 고로 나는 존재한다」 부분

　이 시는 디지털 시대 속에 상실된 주체의 문제를 다루고 있다. 디지털 시대의 '나'는 컴퓨터 속의 기호로만 존재할 뿐 현실적 존재감을 찾아볼 수 없게 되었다는 인식은 '나'의 부재에 관한 진지한 성찰을 이끌어낸다. 검색어로서의 '나'는 익명의 존재이며 비물질적, 비실체적 존재일 따름이다. 기호의 사막에서 길을 잃고 헤매는 '나'를 찾기 위하여 컴퓨터 자판을 계속해서 클릭해야 한다는 사실은 디지털 세계에 예속된 삶을 살아가야 하는 현대인의 운명을 역설적으로 보여준다. 기호의 사막을 떠돌아야만 하는 삶의 방식은 인간이 디지털 매체의 지배하에 놓여 있다는 뜻이며, 디지털 매체의 도움 없이는 사고할 수 없는 지경에 이르렀다는 뜻이다.

　디지털 매체에 예속된 현대인의 삶의 방식을 심각하게 돌아보고 진지하게 질문하는 태도는 문학이 지닌 비판적 기능을 유지하기 때문에 가능한 것이다. 이 시는 디지털 세계에 갇힌 삶을 살아내야만

하는 운명을 지닌 디지털 시대의 부조리와 모순에 대하여 성찰한다. '수체'를 상실하고 파편화되고 기호화되는 현대인의 모습을 돌아보고 그 위험성을 경고하는 이 시가 지닌 문화사적 성찰은 의미 있는 것이다.

4

           필자는 디지털 매체와 문자 매체는 양립할 수 없는 경쟁 관계는 아니라고 본다. 현재가 새로운 문화적 패러다임을 형성하는 과도기라 할지라도 디지털 매체에서 활용되는 문자 행위의 가치가 상실되지는 않을 것이기 때문이다. 다만 변화하는 시대를 무시하고 구태의연한 창작 방식에 안주하고 있다면 그러한 창작 행위는 언젠가는 도태될 운명에 처하리라는 사실을 직시할 필요가 있다. 디지털 시대에 대한 비판적 자각과 적극적 수용이 요구된다.

환상성과 가상현실이 디지털 시대의 특징이라면 현대문학에 이를 적극적으로 수용할 필요가 있다. 그러나 그 환상성과 가상현실을 조작하고 통제하는 거대한 시스템이 있음도 통찰해야 하고 거기서 발생되는 모순과 부조리에도 관심을 기울여야 한다.

또한 달라지고 발전된 매체에 의한 다양하고 신선한 문학적 표현 방식을 개발하기 위한 노력도 필요하다. 전통적 문학의 본질은 유지하되 창작된 작품과 인접 예술의 접합과 상호 조력을 통하여 문학의 효과적 표현과 전달 형식을 모색하는 일이 중요하다.

다만 일각에서 주장하는 멀티포엠의 개발에 대해서는 조심스레 접근해야 하리라고 본다. 리듬, 운율 등을 활용한 시의 음성적 표현과 음악과 영상미학 등을 결합시킨 새로운 형식의 창조가 가능할 것인가? 그렇게 해서 만들어진 새로운 형식이 완전한 종합예술이라면 그것은 이미 시가 아닐 것이고, 시라면 새로운 형식의 종합예술이 아닐 것이다. 비디오아트가 미술의 영역인 것처럼 이것도 시의 영역에 속할 것인가? 멀티포엠이란 시에 음악이나 영상을 입혀 표현하는 일종의 퍼포먼스에 불과하기 쉽지 않을까?

소설의 경우도 마찬가지다. 영상물에 의한 서사의 바탕이 되는 스토리텔링을 소설이라 할 수 있을까 하는 의문이 든다. 언어나 문자가 아닌 영상매체에 의해 표현되는 디지털 서사를 소설이라 할 수는 없다. 영상소설이라는 이름으로 스토리텔링의 픽션 요소를 문학에 포함시킨다면 문학의 정체성은 사라지고 말 것이다. 소설의 독자가 줄고 영화의 관객층이 많아진 것은 사실이지만, 소설문학을 영상매체에 무리하게 결합시킬 필요는 없다고 본다. 그렇게 해서 성공한 예가 있다면 영상매체가 성공한 것이지 문학이 성공한 것은 아닐 것이다.

거대한 통제 시스템이 지배하고 관리하는 타율적 공간이 현대문명이라면 누군가는 거기서 떨어져 나와 그러한 체제의 비인간성과 반자연성을 비판하고 성찰하며 인간의 본모습을 회복하려는 노력을 기울여야만 한다. 그 외따로 떨어진 자리에서 참된 생명의 가치를 추구하는 외로운 역할을 담당해야 할 일이 작가의 몫이다. 변화된 삶의 다양한 모습을 표현하되, 주체의 자율성을 지켜내는 아웃사이더의 시선이 작가의 사명이다.

문학의 대중화를 위한 노력은 어느 시대에나 있어왔고 독자와의 소통을 통한 문학의 저변 확대를 시도하는 일은 문인이나 문학 단체의 역할이기도 하다. 그러나 사려 깊지 못한 독자층에 영합하거나 대중의 지적 수준에 맞춘 저급한 창작으로 일시적 환영을 받기 위하여 노력한다는 것은 작가라는 이름을 욕보이는 것임을 기억해야 할 것이다. 역사적으로 보면 위대한 작가는 대중을 잊었다. 작가가 대중에게 다가간 것이 아니라 대중이 작가에게 다가간 것이다. 그렇게 되기 위해서는 예술적으로 수준이 높고 철학적으로 깊이가 심원한 작품을 창작하는 길밖에 없음을 잊지 말아야 할 것이다.

시와 교양의 정신

시 문장의 바른 표기에 관하여

　　　　　　　　　　시가 흔해지고 시인이 많아지다 보
니 기본이 제대로 되어 있지 않은 시들도 흔히 보이는 세태가 되었
다. 시의 언어 표현이 참신하다거나, 시인의 내면 서정을 형상화한다
거나, 진실한 자기 고백으로 독자를 감동시킨다거나 하는 문제를 논
하기 이전에 올바른 국어 문장으로 시를 썼는지부터 따져야 할 것이
다. 국어 문장의 기본에도 맞지 않는 표현이 시라는 이름 아래 버젓
이 고개를 들고 다닌대서야 말이 되는가. 문장 이전에 어휘의 의미를
오해하거나 단어 표기를 틀리게 쓰거나 한자 표기가 틀린 것들도 심
심치 않게 발견된다. 과거처럼 문선공(文選工)이 일일이 활자를 식자
(植字)할 때는 인쇄상의 오식(誤植)으로 돌릴 수도 있겠지만, 지금처럼
컴퓨터로 작업한 원고를 이메일로 전송하는 시대에는 출판사나 잡지

사의 책임보다는 필자 본인의 책임이 대부분이다.

시의 표현은 창의적이고 자유로워서 시인의 특별한 의도가 있을 때는 시적 허용이라는 말로 규범문법이나 국어의 기본 어법에 어긋나는 표현도 용인되는 경우가 있다. 그러나 이 경우는 시 작품이 지닌 의미의 맥락 안에서 새롭게 창작된 의미나 리듬의 질서를 갖추어야 한다. 국어정서법에 비추어 명백히 틀린 표기나 표현을 시의 이름으로 허용하는 것은 아니다. 철자법에 맞지 않는 표기라든가 틀리게 쓴 한자 표기라든가 단어의 의미를 오해하고 쓴 표기라든가 앞뒤 문장의 호응이 되지 않는 표현이라든가 하는 것은 시인이 무지하거나 무책임하기 때문에 빚어진 잘못이다. 무식한 것은 부끄럽게 여기고 빨리 고쳐야 하고, 무책임한 것은 문자 표현의 엄중함을 깨달아 바로잡아야 한다.

몇 가지 예를 들어보자. 어지간히 시를 잘 쓴다는 젊은 시인의 시에 "호원 철폐" 운운하는 구절이 있다. 1987년 전두환 군사정권 시절에 대통령을 간선제로 뽑는 헌법이 있어 이를 철폐하자는 데모가 일어났다. 독재정권이 국민의 뜻에 어긋나는 헌법을 옹호하자는 "호헌(護憲)"을 주장하므로 이에 맞서 "호헌(護憲) 철폐(撤廢)"를 외쳤던 것이다. 그런데 "호원 철폐를 부르짖던 시절"이라고 써놓으니 무슨 뜻인지 알 수 없게 되어버렸다. 1987년 '4·13호헌조치' 때의 민주화운동에 관한 사정을 이 젊은 시인은 제대로 알지 못한 채 들은 풍월로

시와 교양의 정신

쓴 것 같은 느낌을 주었다.

이즈음 문단의 주목을 받고 잘 나간다는 시인의 시에 "국정농담"이라는 표기가 있다. 분명 "국정농단"의 오식일 터인데 문맥의 앞뒤를 아무리 살펴보아도 의도적으로 비틀어 표현하여 특별한 효과를 내려 한 것 같지는 않았다. 단순한 표기상의 잘못이라고밖에는 해석할 수가 없었다.

어떤 원로시인의 시에는 "벚꽃나무"라는 표기가 있다. 벚꽃이 피는 나무니까 "벚꽃나무"라고 쓴 모양인데 명백히 잘못된 표기다. "벚꽃나무"가 아니라 "벚나무"라고 써야 한다. "배꽃나무", "장미꽃나무", "목련꽃나무"라고 하지 않고 "배나무", "장미나무", "목련나무"라고 하는 것을 생각해보면 쉽게 이해될 일이다.

한자 표기가 잘못된 예는 일일이 거론할 여지도 없이 자주 있는 일이 되었다. 지하철 스크린 도어에 써 붙여놓은 시들을 자세히 읽어보면 단어 표기 외에도 문맥의 앞뒤 호응이 안 되어 이해 불능인 것들이 적지 않다. 그 외에도 "둘러싸여"의 의미인데 "쌓여"라고 표기한 것 등 국어정서법의 기본을 무시한 표현이 심심치 않게 보인다.

시인의 상상력이 개성적이고 독창적이면 됐지 그런 사소한 문제를 가지고 시비를 거느냐고 항변하는 이가 있을지 모르겠으나 이는 결코 사소한 문제가 아니다. 언어에 대한 진지성은 시인의 문학적 형상화 능력의 바탕이 된다. 국어에 대한 수련 과정이 부족했거나, 정확한 언어 표현을 위해 퇴고하고 수정하는 노력을 소홀히 한 탓이니 모른 척 넘어갈 일이 아니다. 명백한 오식인 경우에는 잡지사나 출판사의 편집실에서 필자에게 확인하고 이를 바로잡아야 할 터인데 필자나 출판사 양쪽 모두 그런 노력을 게을리하는 것 같다. 기본이 안 되어 있는 채로 아무리 겉멋을 부려보았자 좋은 작품이 나올 리 없다. 국어에 대한 진지성은 시인의 지적 교양의 문제이며, 시 작품의 수준을 가늠하는 기준이 된다는 점을 명심할 필요가 있다.

발견에서 창조까지
― 시 창작의 알파와 오메가

시상의 발견 : 의인화된 세계

시 쓰기의 첫걸음에서 가장 잘못된 생각은 시상이 떠오르기를 기다리는 일이다. 마치 저수지에 낚싯대를 드리워놓고 물고기가 잡히기를 기다리는 태도로 시상이 떠오르기를 기다린다면 현대판 시 쓰기의 대열에서는 낙오하기 십상이다. 시인은 유유자적하게 쉬고 있는데 시상이 불쑥 나타난다거나, 무슨 그럴듯한 시적 영감이 불현듯 떠오르기를 기다린다는 것은 낭만주의 시대에나 꿈꾸던 사고방식이다. 시인은 눈 밝혀 뜨고 사물을 관찰해야 한다. "어느 날 불현듯 시가 내게로 왔다."고 말한 시인도 있지만 이 화려한 수사에 현혹되어서는 안 된다. 시가 배태되기까지의 오랜 기다림과 응시, 관찰과 투시의 과정은 결코 한가하게 쉬는 일이 아니다.

시상은 떠오르는 것이 아니라 발견하는 것이다. 우리가 만나는 사물, 우리가 체험하는 일상, 우리가 관계 맺는 사건들 속에 숨어 있는 의미를 발견하기 위하여 시인은 부단히 노력하지 않으면 안 된다. 사물과 사건의 표면은 대개 낡고 무기력하게 보일 따름이다. 일상적 사물과 사건은 흔히 아무런 감흥도 불러일으키지 못하는 경우가 많다. 늘 보아온 일이고 익숙한 사건이기 때문이다. 시 쓰는 사람은 그 일상적 사물과 사건 안에 깃든 내면적 진실, 숨겨진 아름다움을 찾아내는 사람이다. 발견으로서의 시 쓰기를 위하여서는 시인 스스로 창의적 시선을 준비하지 않으면 안 된다. 창의적인 시선은 시적 개성의 다른 이름이며 내면적 진정성을 지니고 신선한 감동의 세계로 안내하는 통로가 된다.

이 창의적 시선은 사물이나 사건을 새롭게 보는 노력이고, 현상의 표면을 뒤집어 봄으로써 감추어진 진실을 발견하는 작업이고, 익숙한 사건을 낯설게 바라보는 기술이다. 이는 러시아 형식주의자들이 말한 '낯설게 하기'의 기법만을 의미하는 것은 아니다. 시인의 개성적 시선이 친숙한 일상적 사건에 부딪쳐 빚어내는 새로운 발견의 묘미가 포에지의 원천이 된다.

필자의 시집『마네킹과 천사』(문학과지성사, 2010)에 수록된 몇 편의 시를 예로 들어 이 과정을 설명하기로 한다.

시와 교양의 정신

마드모아젤 양장점 앞을 십 년 넘게 지나다녔어도
쇼윈도 안의 마네킹 셋이 서로 흘끗거리는 건
오늘 아침 출근길에 처음 보았다

툴루즈 로트렉의 〈물랭루즈〉에 나오는
빨간 스타킹의 비뚤어진 무희 같은
키 큰 마네킹이 돌아서 있고

〈7년 만의 외출〉의 마릴린 먼로 같은
젖가슴 늘어지고, 음탕하고
맨 종아리 허벅지까지 드러낸, 백치 같은
거품 많은 마네킹이 마주 서 있다

은사시나무, 여름 달빛에 흔들리는
잎맥 가늘고 여린
바비 인형 같은 마네킹은 고개를 숙이고

안 보는 척하면서 눈길을 주고 있다

입술 삐쭉 내밀며 아랫도리 오므리는

저것들이 구미호 다 된 줄을

오늘 처음 알았다

퇴근길엔

학교 운동장에 세워둔 내 늙은 자동차도

너무 오래 쓸쓸한 어둠 속에 떨었노라고

암내 맡은 나귀처럼 툴툴거렸다

— 조창환, 「마네킹」 전문

　이 시는 마네킹을 소재로 한 것이다. 마네킹은 플라스틱 인형이고 생명이 없는 물체다. 이 생명 없는 물체는, 그러나, 자본주의 시대의 대중적 호기심을 자극하여 소비를 촉진하는 매개체가 된다. 마네킹이 선정적인 것은 사람들이 그것을 단순한 인형으로 보지 않고 거기서 생명을 느끼기 때문이다. 무생물에서 생명을 느끼는 일에 관심을 갖는 것은 시인의 몫이기도 하다. 무의미한 플라스틱 인형으로 마네킹을 대한다면, 마네킹에서 시적 모티브를 찾을 수 없다. 반면 무의미하게 보아왔던 마네킹이 생명을 가진 존재임을 깨닫는 순간 이 사물은 나와 관계를 맺는 특별한 존재가 되어 의미를 나누게 된다. 무생물에서 생명을 발견하는 순간이 바로 시적 영감이 떠오르는 순간이라 할 수 있다.

시와 교양의 정신

이 시는 평이한 서술적 진술로 되어 있지만 무생물에서 생명성을 발견하여 그 의미를 음미하고 반추해보는 묘미를 지니고 있다. 10년 넘게 매일 출근길에 보아오던 마네킹이 어느 날 갑자기 자기들끼리 미모를 뽐내고 시샘하고 질투하고 눈짓과 표정으로 감정을 전달한다는 것을 발견하는 재미에서 이 시는 시작된다. 그러나 무생물을 생명 있는 존재로 느낀다는 사실에 대한 단순한 묘사나 서술에 그쳐서는 시적 집중력이 약할 수밖에 없다. 서술상의 초점이 있어야 한다. 이 시에서의 서술상의 초점은 '음탕함'이다. 사람들은 마네킹을 섹시하게 만들려 하고 마네킹에서 섹시한 느낌을 강조하려 한다. 그것은 우리 시대의 상업주의가 낳은 충동과 자극의 샘플이다. 이 시에서는 그러한 선정성과 음란성에 얽매어 있는 현대인의 삶의 모습을 보여주기 위하여 그림이나 영화의 주인공을 등장시켰다. 툴루즈 로트렉의 〈물랭루즈〉 그림에 나오는 빨간 스타킹의 비뚤어진 무희 같은 키 큰 마네킹이라든지, 영화 〈7년 만의 외출〉의 마릴린 먼로 같은 젖가슴 늘어지고, 음탕하고 맨 종아리 허벅지까지 드러낸, 백치 같은 마네킹이라고 구체적으로 묘사해야 실감이 난다.

또 하나 중요한 것은 시의 마무리다. 구성상의 전환 혹은 메시지의 초점이 확실하지 않으면 발견으로서의 시 쓰기는 여운이나 감동을 지닐 수 없다. 이 시의 결말 부분에서 시인을 기다리고 있던 늙은('낡은'이 아니라) 자동차가 "암내 맡은 나귀처럼" 툴툴거렸다고 끝맺은 것은 이 시의 의인화 기법이 마네킹에서 모든 사물로 확대되는 과정의 소산이다. 이처럼 시상의 발견은 시적 사고의 전편에 관류하는 통일된 세계 인식이어야 한다.

이모가 죽자

이모네 석류나무도 말라죽었다

이모는 늙어

삭정이 되어 부서졌지만

무성하던 석류나무는

한 계절에 따라 죽었다

뜨락엔 햇빛이 남아

빈 절의 풍경 소리를 낸다

저무는 수평선

매듭 풀어져

오지 않고 다녀간 천년을 기다린다

이모네 석류나무

고양이 돌아오듯

다음 세상으로 살금살금

건너갔다

— 조창환, 「이모네 석류나무」 전문

　이 시는 앞의 시보다 훨씬 영적인 세계로 침잠된 분위기를 지닌 시다. 이 시는 석류나무를 지극히 사랑하던 이모가 죽자 나무도 따라 죽었다는 에피소드를 바탕에 깔고 있다. 사람과 동식물의 교감에 관한 이야기는 신비하기까지 하다. 지극한 정이 통하면 어떤 존재든 생명의 영적 교접을 나누게 된다는 이야기는 시적 소재로 안성맞춤이다. 시는 현실의 저편에 있는 신비를 꺼내 밝혀 보여주는 일이기 때문이다. 주제의 색깔에 걸맞게 이 시는 불교적 인연설을 배경에 지니고 있다. "빈 절의 풍경 소리"라든지 "다음 세상"이라는 시어가 그러한 사상적 배경을 표현한다. 이 시에서 표현상의 묘미는 "오지 않고 다녀간 천년"이라는 구절에 있다. 아득하고 몽롱한 영원성에 대한 개념이 깃들어 있음으로 해서 이 시는 존재의 영속성과 인연의 신비를 드러낸다.

낙산사 원통보전 불타 무너질 때

관세음보살님 두 눈 딱 감고

불바다 속에 오체투지하시다.

적멸궁(寂滅宮)이 보궁(寶宮)인즉,

있음도 없고 없음도 없네.

숭례문 높은 누각 불타 무너질 때

조선 역사 반 천 년 우르르 주저앉아

불바다 속에 대성통곡하시다

국보(國寶)가 보국(保國)인즉,

있음도 있고 없음도 있네.

적멸에 이르는 길,

독하고 쓰린 길,

관음(觀音)은 다시 부처로 남고

시와 교양의 정신

역사는 다시 상처로 남아

못난 화상들 내려다보시다.

— 조창환, 「관세음(觀世音)과 숭례(崇禮)」 전문

무생물의 생명화가 시 쓰기의 전부는 아니다. 거기서 의미를 발견해야 한다. 무생물을 생명으로 느끼면서 자아나 세계의 숨은 의미를 찾아내어 존재의 신비한 내재적 의미를 발견하여 보여주는 일이야말로 시인의 사명인 것이다. 나는 낙산사 원통보전이나 숭례문이 불타 무너질 때 그것이 그저 훨훨 타는 목재라고는 생각할 수 없었다. 인간의 탐욕과 무모함과 광기와 어리석음에 못 견뎌 스스로 목숨을 끊어버린 것이 아닌가 생각되었다. 이 높고 깊고 아득한 존재를 자살에 이르게 한 우리 종족은 아마도 그 벌을 대대로 면치 못할 것이라는 생각이 든다. 이 시는 그러한 내 생각을 표현한 것이다. 초월적 존재의 상징인 불상이나 역사적 존재의 상징인 숭례문이 불타 없어지는 것에 대한 안타까움과 이 보물들을 제대로 보존하지 못한 우리 시대의 어지러운 삶의 모습을 비판하면서 그 죄의식을 부끄러움의 시선으로 파악하여 형상화한 것이다. 이 시에는 주제의식이 강하게 노출되어 있지만 직설적으로 말하거나 교훈적으로 언급하는 방식은 피하였다. 대신 수치스러운 시대의 공범자가 되어 있는 시인의 모습을 참

회하는 태도를 취하였다. 이러한 태도는 독자와 함께 공감할 수 있는 모럴리스트의 면모를 강조한 것이다.

달의 상상력과 기계의 상상력 : 고백과 묘사

시 쓰기의 두 태도는 달의 상상력과 기계의 상상력으로 나눌 수 있다. 자연을 바라보며 자기 감정을 이입시켜 아름다움을 노래하는 전통적 방식은 낭만적 세계관과 연결되어 있다. 이것은 자연발생적으로 우러나오는 시이며 감성에 의존하는 천부적인 시인의 몫이다. 반면 문명적 현실을 세밀히 분석하며 지적으로 통제하는 지성적 태도의 시인이 있다. 모더니스트의 입장에서 관찰과 묘사에 의존하며 냉정한 이성으로 시적 구성과 골격을 계산하는 작업 또한 시인의 모습이다. 이러한 낭만적 시선과 주지적 시선은 내면에서 우러나오는 고백의 시와 인위적으로 조정되고 정리된 묘사의 시로 대비된다.

현대적 시 쓰기의 입장에서는 주제에 따라 이 두 가지 시작 태도를 적절히 혼합하고 조절하여 완성된 작품으로 형상화하는 것이 바람직하다.

한때 내 안에 살고 있는 단식 광대를 사랑한 적이 있었다

　　　　　　　　　　　　　　　　　시와 교양의 정신

그림자며 눈물인

혹은 마른 갈치며 독사인

단식 광대는 목마른 들개처럼 짖었다

저수지에 잠긴 의자처럼

단식 광대는 오래 참고 단단해졌다

내가 그를 굶긴 것인지, 그가 식사를 거부한 것인지

구분할 수 없는 지경에 이르도록

나는 내 안의 타인과 맞서 눈 부릅뜨고 지냈다

니은자로 길게 파인 복부의 상처에 소금 문지르듯

독을 품고 이 악물고

광대가 굶을 때

나는 유령도 긴장한다는 것을 알았다

석탄층 속의 삼엽충 혹은 암모나이트처럼

단식 광대가 단단한 화석으로 굳어져

나를 지배하기까지 나는 내 안의 유령을 끌어안고

살았다 그것은 나의 썩지 않는 추억이다

발건에서 창조까지

나는 지금도 내 안의 광대를 사랑하지만
단식 광대는 석탄이 되어 있다

가끔 내 속을 들여다보면
고래가 다녀간 흔적이 남아 있다 알래스카의
바다, 팽팽하고 차가운 휘장을 찢고
가라앉은 부챗살 같은 탄식이 남아 있다

— 조창환, 「단식 광대」 전문

이 시 「단식 광대」는 내면 고백의 시다. 이 시는 프란츠 카프카의 소설 「단식 광대」에서 모티브를 취하였다. 소설의 주인공은 곡마단에서 단식 기록을 세워 보여주는 일을 직업으로 삼고 있다. 처음 얼마간 사람들은 광대의 단식 기록에 대해 갈채를 보내지만 단식이 일상화됨에 따라 사람들의 관심은 무감각해진다. 광대는 관객의 무관심 속에 하얗게 바랜 의식으로 죽음을 맞이한다. 이 시에서 시인은 자기 안에 살고 있었던 단식 광대의 추억에 관해 고백한다. 시인은 자기 안에 내재한 치열한 예술가 정신을 사랑한다. 그것은 "그림자며 눈물"이기도 하고 "마른 갈치며 독사"이기도 하였다. 이 치열한 예술가적 기질은 타인의 시선을 의식하지 않고 극한으로 치달려간다. 시인은 그 안에 내재된 타인의 시선에 맞서 눈 부릅뜨고 지냈다고 고백

시와 교양의 정신

한다. 이것은 시인의 젊은 시절의 초상화이며 긴장과 강인성을 주조 저음으로 하는 시련 극복의 자화상이다.

그러나 이제 시인은 인생을 관조할 나이에 이르렀다. 그는 "단식 광대가 단단한 화석으로 굳어져" 자신을 지배하기까지 자기 안에 있는 유령을 끌어안고 살았다고 고백한다. 이제 그 젊은 날의 자화상은 "썩지 않는 추억"으로 남아 있을 따름이다. 마치 신령스러운 고래가 다녀간 알래스카의 바다를 추억하듯 시인은 자신의 젊은 날을 아름답게 추억한다. 다소 나르시시즘에 물든 듯한 시인의 고백은 그 진지한 자기 수련과 철저한 인내와 수련의 과정에 대한 자부심 어린 고백으로 미적으로 승화된다.

이 시가 지닌 인상적인 면은 수사적 아름다움에 의존하기만 하는 것은 아니다. 엄격하고 진지한 자기 단련의 과정에 대한 진정성 깃든 고백이 두드러진다. 아울러 고백체의 어조를 사용하고 있으면서도 자기 자신을 관찰하는 또 다른 시선이 있고 그것이 지닌 아름다움이 설득력을 동반하기 때문에 쉽게 잊히지 않는 울림을 지닌다.

감나무 가지 끝에 빨간 홍시 몇 알

푸른 하늘에서 마른번개를 맞고 있다

새들이 다닌 길은 금세 지워지고

눈부신 적멸만이 바다보다 깊다

저런 기다림은 옥양목 빛이다

이 차갑고 명징한 여백 앞에서는

천사들도 목덜미에 소름이 돋는다

— 조창환, 「여백」 전문

이 시 「여백」은 순전히 묘사에만 의존한 시이다. 묘사만으로도 시가 될 수 있다는 것을 보여주는 예가 이 시다. 묘사는 일정한 객관적 거리감을 필요로 한다. 주체와 객체의 거리감은 지성적 통어를 전제로 한 것이다. 파란 가을 하늘에 매달린 빨간 홍시 몇 알의 풍경은 흔히 볼 수 있는 우리나라 가을 경치다. 이 시의 묘미는 어휘 선택에 있다. 정적과 적멸감을 강조하기 위하여 "마른번개", "눈부신 적멸" 등의 어휘를 찾아낸 것이 시 읽는 재미를 준다. 설명을 배제한 채 이미지의 연결을 위주로 하는 기법은 이 시가 철저하게 묘사적 이미지 위주로 짜여진 것임을 나타내고 있다. 이 시의 이미지 덩어리의 강조점은 "옥양목 빛"이라는 표현에 있다. 이 비유적 어휘를 찾아내기 위하여 나는 여러 날 고심하였다. 그것은 기억의 창고에서 가장 적절하고 인상적인 한마디 말을 떠올리기 위한 기다림과 모색의 과정을 거친

시와 교양의 정신

것이다. 끝부분에서 이 시의 이미지의 상징성이 드러난다. "천사들도 목덜미에 소름이 돋는다"는 표현이 없다면 이 시의 정서적 충격은 반감할 것이다. 이 시가 지닌 인상이 강렬하고 오래 기억될 수 있는 것은 흔한 소재에서 정서적 자극이나 충격을 줄 만한 시적 어휘를 찾아냈기 때문이고, 이와 아울러 일정한 미학적 거리감에 의한 대상의 객관화를 이루었기 때문이다.

'현상과 신비' : 완결과 여운

어떻게 하면 초월에 이르는 시를 쓸 수 있을까? 고백이나 묘사는 현실에 연결되어 있다. 판타지 영화의 한 장면을 빚어내려고 시도한다고 해서 초현실적 실재가 완성되는 것은 아니다. 시에서 표현되는 환상성은 감각이나 정서의 깊이와 연관되는 것이어야 한다. 그것은 존재의 저편에 있는 "의미를 넘어선 의미"를 찾아내는 노력이어야 한다. 단단한 언어적 구성력을 바탕으로 해야 하고 현실보다 더 실감 나는 감각적 실재를 형상화해야 한다. 시에서 느껴지는 아득한 감동, 현실을 넘어선 존재감의 창조는 시인의 정서적 체험이 현실을 넘어선 미학적 실재와 만날 때 실현되는 것이다.

달 많이 뜬 하늘

출렁이며 깊어진다

환한 세상, 살결이

매끄럽다

자작나무 몸피가

탱글탱글하다

출렁이는 하늘에

화악,

고래 솟구쳐

박하 냄새 뿌린다

― 조창환, 「달과 고래」 전문

　이 시 「달과 고래」는 환상의 아름다움을 그려낸 작품이다. 이 시에
는 감각적 실체로 형상화한 유미적 세계가 있다. 이 시는 정지된 풍
경 뒤에 감추어진 하늘의 웅성거림을 찾아내어 폭발하고 싶은 내면

의 욕구를 이미지로 표현한 것이다. 그것은 일정한 지적 절제와 자기 조정의 과정을 거쳐 억제되고 응집된 언어의 질서가 미학적 거리감을 지니고 분출하는 양상을 표현한 것이다. 풍경에 대한 감성적 반응이 언어의 조형미에 의해 빚어내는 새로운 공간을 이 시에서 발견할 수 있다.

첫 행의 "달 많이 뜬 하늘"은 보름달 환히 돋아 비추는 밤 풍경인데, 달이 높이 떴다고 하지 않고 많이 떴다고 함으로써 독자를 비현실적 실재의 세계로 안내한다. 또한 하늘을 "출렁인다"고 함으로써 앞으로 전개될 바다 이미지의 전제가 되는 무대를 마련한다. 이 시는 철저히 감각적 묘사에 의존하고 있다. 달밤을 "살결이 매끄럽다"고 하고 자작나무 몸피가 "탱글탱글"하다고 말함으로써 에로틱한 분위기를 자아내도록 하였다. 이러한 배경 위에 달빛 환한 하늘이 바다가 되어('바다처럼'이 아니라) "출렁인다". 이제 바다가 된 하늘에는 "화악" "고래 솟구쳐" "박하 냄새 뿌린다".

이 짧지만 강한 감각적 환상의 풍경은 단순한 회화적 이미지를 스케치식으로 그려낸 것이 아니다. 그것은 객관적인 풍경 묘사를 넘어서 시인에 의해 새롭게 해석되고 신선하게 창조된 것이다. 풍경은 그것을 바라보는 주체의 시선에 의해 변형되고 변질된 것이다. 환상은, 이 시에서, 시인의 내면적 감정 세계에 의해 윤기를 지닌다. 폭발을 꿈꾸는 시인의 갈망은 이러한 언어적 창조물에 의해 현상을 넘어선 신비의 세계로 재구성되는 것이다. 여운이 강한 시, 울림이 남는 시를 만들기 위해서는 이처럼 시인의 내면에 의해 현상을 분해하고 재구성한 후 감각적 실체로 다시 창조하는 과정을 거쳐야 하는 것이다.

3 나의 문학, 나의 인생

어느 유미주의자의 초상

오만과 시니시즘

　　　　　　　　　　　나는 해방되던 해 봄에 태어났다. 초등학교 들어가기 전 해 초여름 6·25전쟁이 터졌다. 우리 집 식구들은 소달구지를 타고 경기도 화성군 봉담면 내리의 창녕 조씨 집성촌으로 피난을 갔다. 농가 헛간에서 기거했는데 동네 사람 중에 인민위원회 완장을 차고 으스대는 사람을 보기도 했고 유엔군 폭격기가 기총소사하는 모습을 보기도 했다. 몇 달 지나 9·28수복이 되어 서울로 돌아왔지만 다시 1·4후퇴를 당해 부산까지 피난길을 떠났다. 지붕 없는 화물차에 사람들이 개미 떼처럼 매달려 있던 것이 기억난다. 추풍령을 넘지 못해 기차는 언덕을 오르다가 뒤로 물러나고, 오래 멈추었다가는 다시 움직이고 하는데, 사람들은 짐승처럼 먹을 것만 찾았다.

부산 피난 시절에는 어머니가 시장 어귀에서 콩나물 장사를 했다. 기마순경이 노점상을 쫓아내려고 말을 타고 와 위협해도 어머니는 꿈쩍도 하지 않았다. 전쟁 때라 학교에 안 다닌 아이들이 많았지만 나는 오히려 한 살 일찍 학교에 들어갔다. 피난민 학교에서는 언덕 위 평평한 곳에 가마니때기를 깔고 나무 밑에 칠판을 걸고 수업을 했다. 아이들은 학교가 파하면 달리는 미군 트럭을 쫓아가며 초콜릿이나 양과자를 구걸하거나 주먹을 흔들며 감자를 먹이기도 했다. 시장 터에서는 미군 부대에서 나온 음식 찌꺼기를 끓인 꿀꿀이죽을 팔았다. 국방색 야전잠바에 검은색 물들여 입은 아저씨들이 진땀을 흘려가며 뜨거운 김이 무럭무럭 나는 꿀꿀이죽을 퍼먹었다. 나는 한 걸음 비켜서서 푸른 하늘을 올려다보았다. 아무리 배가 고파도 저것은 먹으면 안 될 것 같은 생각이 들었다. 저것은 사람이 먹을 음식이 아니라는 생각 때문이었다. 지금도 나는 부대찌개를 싫어한다. 인간을 천하게 만드는 음식 이름 때문이다.

유년 시절 수복 서울의 분위기는 우울하고 어두웠지만 나는 그저 책에다 코를 파묻고 지내는 어린 소년일 뿐이었다. 나는 전국에서 공부 잘한다는 학생들이 모였다는 서울중학교에 들어갔다. 경희궁 옛 터에 자리 잡고 영국의 이튼스쿨을 모델로 한다는 이 학교는 학생들에게 너희는 수재니 신사답게 살아야 한다는 자부심을 심어주었다.

교훈이 '깨끗하자, 부지런하자, 책임 지키자'였는데, 나는 속으로 이 교훈이 잘못되었다는 생각을 하고 지냈다. '깨끗이 하자, 부지런히 하자, 책임을 지키자'라야 옳을 것 같았다. 그렇지 않으면 '깨끗하게 되자'라고 해야 어법상 맞을 것 같았다. 지금도 나는 내 시에 문법이나 어법에 맞지 않는 표현이 있지나 않은지 늘 신경을 쓴다. 아마도 천성인 것 같다. 시적 허용 운운하면서 규범 문법이나 어법에도 맞지 않는 표현을 남발하는 이즈음 시를 읽으면 한심한 생각이 든다.

이 학교에는 좋은 선생님이 많았다. 소설가 황순원 선생은 대학으로 옮겨 배울 기회가 없었지만, 시인 조병화 선생에게도 배웠고, 국어학자 강신항 선생에게도 배웠다. 중학교 2학년 때 담임선생님이었던 강신항 선생은 나를 끔찍이 귀여워해주셨다. 종례 끝나고 교무실로 불러 손톱을 깎아주셨던 기억이 난다. 이 선생님 영향으로 대학 진학 때 국어학을 전공할까 하는 생각을 한 적도 있었다. 고등학교 2학년 때 『소년한국일보』 신인문학상에 동시가 당선되었다. 제목이 「파편 속의 메아리」였다. 동화 당선자는 당시 『학원』사 주간이었던 오영민 씨였다. 글 좀 쓴다는 학생들이 『학원』 잡지에 투고하여 학생 작품으로 실리는 것을 영광으로 여겨 자랑하고 다닐 때, 나는 너희 글을 뽑아 실어준 그 잡지사 주간과 동격이라는 생각으로 내심 흐뭇한 기분에 사로잡혀 지냈다. 겉으로는 겸손해 보이지만 내심 시니컬한 내 심리 상태는 이즈음 형성된 것인지도 모른다.

서울고등학교 시절 문예신문반 활동을 하였다. 우리는 대단한 문자 혁신 운동을 한다는 자부심을 가지고 순한글 전용 신문과 교지를 만들었다. 순한글 전용 가로쓰기 인쇄물은 당시(1961)로서는 처음 시도한 것이었다. 이 신문과 교지는 전국 교지 콩쿠르에서 최우수상을 받았다. 함께 활동한 문예신문반원들은 모두 공부도 열심히 한 학생들이었다. 여덟 명 중 한 사람만 연세대에 갔고 나머지는 모두 서울대학교에 입학하였다. 그러나 문학을 일생의 업으로 하겠다고 결심하고 국문과에 간 것은 나 한 사람뿐이었다.

서울대학교 문리대 국문과라는 곳은 문학 창작을 하기에는 좋은 곳이 아니었다. 입학시험 면접 때 여기는 문학을 학문으로 연구하는 곳이니 창작에 뜻을 둔 사람은 서라벌예대에 가야 한다고 교수들이 말하던 풍토였다. 소설가 전광용 교수와 시인 정한모 교수가 대학 시절 은사였는데 이분들도 학문과 창작을 엄격하게 구분 지어야 한다고 가르쳤다. 이후 내 의식 속에 자리 잡은 문학 연구자의 태도와 비평가의 태도 및 시인의 태도에 대한 엄격한 구분은 이 시절의 영향인 듯하다. 나는 문학을 인문과학의 한 분야로 연구하는 입장에서는 엄밀한 과학적 논리와 객관성을 근거로 해야 하며, 현장비평가의 입장에서는 높은 안목의 가치 판단으로 수긍할 만한 설득력을 지녀야 하며, 창작하는 시인의 입장에서는 완전한 자유인의 정신을 지녀야 한다고 믿는다. 이런 생각 때문에 나는 논리적이고 조직적인 사고와 자유롭고 충동적인 감정 사이의 갈등에 빠지는 경험을 종종 하곤 하였다.

등단, 첫 시집, 전주 시절

　　　　　　　　대학교 3학년 때 동화「신의 오른손과 사랑에 관한 이야기」가『한국일보』신춘문예에 입선하였다. 이때 심사위원이 김요섭 선생이었는데 청결한 정신성을 바탕으로 폭력적인 메타포를 구사한 작품이라고 격려하던 생각이 난다. 그러나 릴케식의 어른을 위한 동화를 써보겠다던 당시의 생각은 시와 희곡에 관한 관심 때문에 계속 이어지지를 못하였다. 대학을 졸업하고 군에 입대하였다. 공비 김신조 일당이 청와대를 습격하러 내려와 곧 전쟁이라도 터질 듯 뒤숭숭하던 분위기였지만, 나는 2군사령부의 어느 장군 집에 불려가 그 집 아들을 가르치는 가정교사 노릇을 하였다. 이때의 관심은 희곡을 써서 극작가가 되는 것이었지만 공들여 쓴 희곡 작품은 낙선하고 말았다.

　제대한 후, 그동안 쓴 시 몇 편을 김요섭 선생에게 보인 것이 1971년이었다. 김요섭 선생은 내게 묻지도 않고 이 작품들 중「귀향」이란 시를 전봉건 시인이 주간이던『현대시학』에 보내 이듬해 초회 추천을 받게 해주어 자의 반 타의 반으로 시인의 길로 접어들게 되었다.「연가」라는 제목의 시로 3회 추천을 마친 1973년 처음으로 서대문 인창고등학교 입구에 있는 현대시학사를 찾아갔다. 삐걱거리는 계단을 올라가 어두컴컴한 방에 쓸쓸하게 앉아 있는 전봉건 시인을 만나고 나는 순수시를 쓰는 고독한 시인의 옆모습을 보는 느낌을 받았다. 1970년대 중반 같은 지면으로 등단한 한영옥, 천재순, 김기석, 유재영 등과 동인지 『말』을 한 3년쯤 낸 것도 전봉건 시인의 권유가 계기가 되었다.

1972년 가을 지금의 아내 유소영과 몇 년간의 연애 끝에 결혼하였다. 아내는 동양화와 서예를 전공한 화가였고, 장인은 서예가 검여(劍如) 유희강(柳熙綱) 선생이었는데 당시 중풍으로 우반신이 마비되어 왼손으로 좌수서(左手書)를 연마하여 신세계백화점 화랑에서 전시회를 열었다. 아내는 정성껏 아버지 병수발을 들고, 먹 갈아드리고, 휠체어를 밀고 외출시켜드리곤 했다. 젊은 여인이 이처럼 지극한 것이 내게는 아름답게 보였다. 이즈음 나는 서울예고 국어교사로 있으면서 대학원에 다니고 있었는데, 시인이 되는 일 못지않게 대학교수가 되는 일도 중요한 과제로 눈앞에 다가와 있었다.

1978년 봄에 울산대학교 전임강사가 되어 내려갔다. 내 연구실이 있다는 일이 그렇게 흡족할 수가 없었다. 공부도 많이 하고 시도 열심히 쓴 시기가 아니었던가 싶다. 울산에는 김성춘 시인이 있어 문학이야기를 나누며 많은 시간을 같이 보냈다.

그러나 한 해 만에 전북대학교의 선배들이 함께 지내자고 해서 전

나의 문학, 나의 인생

주로 옮겨 가게 되었다. 공교롭게도 같은 시기에 서울에 있는 홍익대학교에서 교수 채용 면접을 하러 오라는 연락을 받았다. 면접 장소에 가서 지방의 대학에 가기로 결정하였다고 하니, 서울에 있는 대학을 마다하고 지방대학으로 가겠다는 당신 같은 사람은 처음 본다고 말하던 교수들 표정이 떠오른다. 약속이나 신의를 실리보다 우선한다는 생각이었지만, 그토록 순진하고 세상 물정에 어두워 늘 손해만 보면서 살아온 것이 내 삶이었던 것 같다.

1980년 첫 시집을 냈는데 제목이 『빈집을 지키며』(심상사, 1980)였다. 이 제목은 애초 '창(槍)'으로 하려 했던 것인데 당시 문장출판사를 하던 오규원 시인이 그런 제목은 너무 낡은 느낌을 준다고 해서 바꾸었는데 너무 어둡고 우울한 느낌을 주는 감이 있어 마음에 걸렸다. 물론 이 시집 표제 때문은 아니었겠지만, 시집을 낸 후 전주 시절 나는 심하게 앓았다. 몸 보한다고 녹용 든 한약을 지어 먹었는데 코피를 심하게 쏟아 대학병원 응급실에 갔더니 혈압이 위험 지경으로 높아 진정제와 혈압강하제를 고단위로 주사하였다. 퇴원하고 돌아온 며칠 후 이질을 심하게 앓아 다시 병원에 가 항생제를 고단위로 투약하였는데, 이튿날 콜라 빛 소변을 누었다. 한 주일 넘게 입원해서 확인한 진단 결과는 B형 간염이 심하다는 것이었다. 한약 때문인지 양약 때문인지 알 수 없으나 약으로 인해 병을 얻은 것은 틀림없었다.

건강을 해쳐 삶과 죽음의 경계를 체험할 때, 아직 30대 중반이던

나를 엄습한 생각은 살아야 할 날들이 너무 아득하고 지나온 날들이 너무 아쉽다는 것이었다. 억울하고 답답한 가운데 1년여의 투병기간을 거쳤다. 건강을 회복하면서 나를 지탱해준 것은 가톨리시즘과 음악이었다. 초월적인 구원의 세계가 관념이 아니라 실체로 다가왔고, 마음의 평화와 안정을 음악에서 찾았다. 봉급의 3분의 1쯤 털어 LP 레코드판을 사서 흐뭇하게 집으로 돌아오던 일이 잦았다. 죽음과 재생의 주제를 다룬 두 번째 시집『라자로 마을의 새벽』은 이런 정신적 배경 위에서 씌어진 것이고 음악시집『파랑눈썹』은 음악을 모티브로 한 악곡의 이미지를 언어화한 작업이었다.

아이오와 시절과 여행 이야기

1980년대 초반 아주대학교로 직장을 옮기고 시집『라자로 마을의 새벽』(문학세계사, 1984)을 발간하였는데 이 시집은 호평을 받아 이듬해 한국시인협회상을 받았다. 1986년에는 미국 아이오와대학의 국제 창작 프로그램에 한국 대표로 참가하여 한 학기를 보내게 되었다. 이전에 참가한 사람 중에 언어 때문에 문제가 된 일이 있어 미 대사관의 문정관과 영어로 인터뷰까지 한 끝에 선발된 것이었다.

아이오와에서는 자유와 여유를 만끽하면서 많은 것을 느꼈다. 이

풍요로운 물질주의 문명 속에서 시인의 역할은 무엇인가. 동유럽이나 남미, 아프리카 등지에서 온 작가들과 정치적 검열에 대하여 이야기를 나누면서 나는 우리 사회의 안 보이는 검열과 문인들의 자기통제에 대하여 깊이 생각하게 되었다. 나는 지나치게 시대와 사회의 문제에 대하여 외면하고 살았던 것은 아닌가 하는 반성도 있었다. 당시 우리 사회는 억압과 폭력에 짓눌려 있는 분위기였다. 나는 체질적으로 민중시나 참여시의 과격한 폭력성에는 거부감을 갖고 있었지만 글 쓰는 사람이 그가 속한 사회나 그가 사는 시대에 대하여 외면하는 것도 올바른 일은 아니라는 생각이 들었다.

1990년대 초반 발간한 시집『그때도 그랬을 거다』(문학과비평사, 1992)는 천박한 속물주의와 소영웅주의에 대한 비판과 풍자를 담은 것이었다. 자기 자신을 피고인석에 불러 세우는 풍자의 방식은 현실에 대한 안타까운 사랑 때문에 가능한 것이다. 또한 상식을 뒤집어보는 일, 인식의 자유, 역설적 논리의 즐거움도 이 시집의 내용이었다. 같은 시기에 나는 음악에 관한 시를 써 모으고 있었다. 시집『파랑눈썹』(시와시학사, 1993)의 악상의 언어적 이미지화 작업은 라벨이나 드뷔시, 에릭 사티 등의 표현주의적인 실내악곡을 위주로 하였다. 악곡이 지닌 메시지의 중량이 너무 무거운 것보다는 소리 자체의 결과 미묘한 소리의 울림과 떨림, 그것이 빚어내는 물결무늬 같은 감정의 파문들이 내 시에서는 소중한 것이었다.

아이오와대학을 다녀온 후 나는 외국 여행의 즐거움에 매료되었다. 새로운 세계에 대한 호기심과 시투하고 바분한 일상에서의 밀출이 내게 있어서는 여행 취미의 계기가 되었고 삶의 활력을 충전하는 동인이 되었다. 그러나 나는 가이드의 안내에 따라 정해진 코스를 돌아보고 작은 흥분에 고조되어 중학생 같은 여행시를 쓰는 사람들을 내심 경멸하는 체질이어서 여행시 따위를 많이 쓰지는 않은 편이다. 여행은 자신의 내면을 돌아보는 일이며 새로운 사회와 문화를 체험하는 일이며 자연과 역사와 문명의 현장을 음미하는 일이다.

나는 1994년 미국 유타주 브리검영대학에서 한국학 객원교수로 한 해를 보냈다. 이 기회는 유타, 애리조나, 뉴멕시코, 아이다호 등 미국 서부 지역과 밴프, 자스퍼에서 벤쿠버에 이르는 캐나다 로키 지역을 주로 여행한 광활하고 경이로운 체험이었다. 1995년에는 문예진흥원의 해외 창작 소재 발굴 지원을 받아 브라질의 상파울루, 산투스, 리우데자네이루, 나타우 등지를 여행하였다. 같은 해 12월에는 멕시코 과달라하라에서 개최된 한국문화 주간에 정진규, 김종해, 이건청, 오세영, 조정권 시인 등과 함께 참석한 후, 치첸이차, 칸쿤, 멕시코시티 등지를 여행하였다. 1996년 여름에는 호주 브리스번의 국제한국언어학회에서 논문 발표한 후, 호주와 뉴질랜드 일대를 여행하였고, 겨울에는 중국 항주대학 세미나에 참석한 후 항주, 소주 일대와 상해 등지를 여행하였다. 1997년 여름에는 마드리드, 톨레도,

세비야, 그라나다, 바르셀로나 등지의 스페인 일주를 하고, 모로코의 탕헤르를 둘러보았다.

2000년 7월에는 국제한국언어학회에서 논문 발표한 후 체코, 헝가리, 폴란드 등 동유럽 일대를, 8월에는 국제비교문학회에서 논문 발표한 후 프레토리아, 소웨토, 케이프타운 등지의 남아프리카공화국을 여행하였다. 2001년에는 미국 오하이오주의 볼링그린대학 한국학 객원교수로 파견되어 한국어와 한국문학을 강의하는 여가에 애틀랜타, 멤피스, 옥스퍼드를 거쳐 뉴올리언스까지 미국 남부 지역을 돌아보는 여행을 하였다. 이해 겨울 그랜드케이먼, 자메이카, 바하마 등을 둘러보는 카리브해 크루즈를 하고, 이듬해 5월 케치칸, 주노, 스캐그웨이, 헤인즈를 돌아오는 알래스카 일대 크루즈 여행을 하였다. 이해 6월 국제한국언어학회에서 논문 발표하고 오슬로에서 베르겐에 이르는 노르웨이 여행 후, 7월 오스트리아의 빈, 린츠, 잘츠부르크 및 체코의 체스키크룸로프 등지를 여행하였다. 2003년 여름에는 이스탄불에서 트로이, 에페소, 카파도키아 등지의 터키를 일주하였다.

2004년 2월에는 뭄바이에서 오랑가바드를 거쳐 아고라에 이르는 인도 여행을 하고, 여름에는 사학자 허승일 교수 등과 함께 북아프리카의 튀니지와 이탈리아의 시칠리아, 사르데냐섬을 중심으로 한 지중해 일대를 여행하였고, 가을에는 서예가 원중식 일행과 함께 중국의 태산, 제남, 곡부를 중심으로 한 산동성 일대를 여행하며 고대 비문(碑文)과 석각(石刻) 등을 돌아보았다.

2005년 1월 수원 가톨릭대학의 심선배 총상신부와 함께 이집트의 카이로, 룩소르, 알렉산드리아 및 요르단의 페트라를 둘러본 후, 모세의 발자취를 따라 시나이 광야를 여행하며 시나이 산에 올랐고, 예수가 활동했던 이스라엘의 나자렛, 갈릴리 지방 및 예루살렘과 베들레헴을 둘러보는 성지순례를 하였다. 이해 8월부터 연말까지는 카자흐스탄 크즐오르다대학에 한국어 강의를 맡은 한국학 객원교수로 파견되었다. 이 기간 중 크즐오르다와 알마티, 우스토베 등지의 고려인들을 만나 민족의 역사적 흔적을 더듬어보고, 아랄해 인근의 아랄스크와 카스피해 연안의 악타우, 아티라우 등지를 여행하였다.

2009년 3월부터 한 학기 동안 체코 프라하의 카렐대학에 한국연구재단의 해외방문 연구교수로 파견되었다. 이 기간 중 프라하 및 체코의 지방 도시들을 둘러보고, 오스트리아와 슬로베니아를 거쳐 크로아티아의 리에카에서부터 스플릿, 두브로브니크까지 아드리아 해안을 따라 내려갔다가, 보스니아 헤르체고비나의 산악지대를 거쳐 사라예보로, 세르비아의 베오그라드로, 그리고 헝가리의 부다페스트와 슬로바키아의 브라티슬라바를 여행하였다. 다시 독일의 쾰른, 뷔르츠부르크에서 로텐부르크를 거쳐 퓌센까지 로맨틱 가도를 따라 내려갔다가, 스위스의 루체른, 인터라켄 지나 수스텐 패스를 따라 알프스를 넘어 이탈리아의 피렌체, 아시시, 몬탈치노, 시에나, 피사, 친퀘테

레를 거쳐 지중해 해안을 따라 프랑스의 니스, 칸, 엑상프로방스, 아
비뇽으로, 그리고 피레네 산맥의 작은 나라 안도라를 지나 카르카손
거쳐 루르드를 찾아갔다. 투르에서 오를레앙 사이의 루아르 고성지
대를 둘러보고 몽생미셸로, 노르망디 해안의 에트르타, 칼레 지나 벨
기에의 브뤼게, 그리고 네덜란드의 암스테르담과 그 주변까지를 여
행하고 돌아왔다.

이 여러 차례의 여행을 무사히 마친 것은 행운이 아닐 수 없다. 아
직 밟아보지 못한 새로운 땅을 보름 넘게, 어떤 때는 두 달 가까이,
자동차를 몰고 여행하면서 큰 사고 한 번 겪지 않았다. 여행 체험은
내 시에 단순히 낭만적 분위기를 보탠 것이 아니었다. 오히려 개별적
자아와 고독한 신과의 대면을 가능케 하는 계기가 되어 내 시에 형이
상학적 성찰을 보태어주었다.

운명론자, 유미주의자, 허무를 넘어서는 허무주의자

간염으로 고생한 지 20년 가까이 지
난 1998년 연말, 나는 간암 진단을 받았다. 이듬해 2월 큰 수술을 받
고 어려운 고비를 넘기자 세상이 아름답고 맑게 보이기 시작했다. 살
아 숨 쉬는 시간들이 고맙고 신비로웠다. 흐리고 칙칙하고 갑갑한 시
를 쓰는 사람들은 진실로 그들이 자신의 삶을 고귀하게 여기고 의미

있는 순간을 살고 있는지 의문이 들었다. 생명의 신비, 세계와의 화해, 부드러움의 힘, 숨 쉬는 일의 기적……. 이런 것들에 새롭게 눈뜬 이후 시 세계가 달라졌다. 군더더기 없는 깨끗한 언어와 절제된 거리감, 생에 대한 정결한 시선과 세계와의 신비로운 교감을 시집 『피보다 붉은 오후』(문학동네, 2001)의 주조저음으로 삼았다. 이 시기의 내 시와 시론은 생명 시학의 범주에 들 만한 것들이었다. 이 시집으로 나는 한국가톨릭문학상을 받았다.

이후 한동안 나는 단정한 절제의 아름다움에 관하여 관심을 가지고 있었다. 비 갠 날의 산정처럼 맑고 선명한 시, 투명한 언어와 정결한 이미지로 단순하면서도 절제된 삶의 내면을 드러낸 시를 쓰고 싶었다. 그런 정신적 바탕 위에 인간을 지배하는 거대한 힘의 손길에 대하여 생각하였고 하찮은 생명을 압도하는 어마어마한 존재가 있음에 대하여 생각하였다. 그 존재 앞에 서면 내 속의 덧없고 허망하고 황량한 울림들이 황홀한 신비로 다가왔다. 이런 심리적 궤적을 북미 대륙의 거대한 자연을 배경으로 형상화한 시집이 『수도원 가는 길』(문학과지성사, 2004)이었다. 이 시들은 월간 『현대시학』에 한 해 동안 연재한 것이었다. 이 시들을 통하여 내 안에 있는 폐허의 아름다움에 관하여 고백할 수 있었다는 것은 축복이었다.

유미주의적 감정의 색채로 덧칠해진 허무주의의 극복은, 시간이 지나면서 문명과 사회의 현상들에 대한 관심으로 무대를 옮겨 다음

나의 문학, 나의 인생

시집 『마네킹과 천사』(문학과지성사, 2010)에 이어졌다. 이 시집을 낸 후 나는 대학에서 정년을 맞았고, 이후 동해안 고성군 아야진 해변가에 작은 집필실을 마련하여 몇 년간 원 없이 바다를 바라보며 지냈다. 동해 바다와 설악산, 건봉사와 낙산사를 왕래하면서 나는 안 보이는 다음 세상의 아름다움에 대하여 생각하였다. 홀로 자신의 내면으로 깊이 가라앉을 수 있었다는 것은 은퇴 후 내가 누릴 수 있었던 특별한 행운이었다. 이런 사색의 궤적을 바다를 소재로 하여 그려낸 것이 시집 『벚나무 아래, 키스자국』(서정시학, 2013)이었다.

나는 운명론을 믿는다. 나는 "사람은 병으로 죽는 것이 아니라 명(命)으로 죽는다"는 말을 믿는다. 오래전에 내 건강을 염려해주고 어려울 때 문병 왔던 이들 가운데는 벌써 저세상으로 떠난 사람들이 적지 않다. 인간은, 그러나, 인간에게 닥칠 운명에 대해 비굴해져서는 안 된다. 운명론자는 본질적으로 허무주의자이지만, 유미주의적 허무주의자는 시간과 기억을 두텁게 만들 줄 아는 사람이다. 나는 문단에서 하찮은 이름 석 자를 널리 알려보려고 여기저기 기웃거리는 시인들을 경멸한다. 문학상을 받는다든지, 문학 단체의 대표가 된다든지 하기 위하여 손 비비고 허리 굽히는 시인들을 비웃는다. 그들은 존재의 본질이 허무와 연결되어 있음을 모른다. 그들은 유미주의적 초월이 그들 존재를 두텁고 깊게 만든다는 것을 모른다.

영적 세계의 탐구, 신성(神性)과 불성(佛性)

　　　　　　　　　　근작 시집『허공으로의 도약』(동학사,
2017) 책머리에서 나는 다음과 같이 썼다.

　　내 시는 존재의 내면에 깃든 신성(神性)의 뿌리에까지 돌파해 들
　　어가기 위한 모색의 궤적이다. 존재는 신성의 뿌리에서 뻗어 나온
　　가지요, 잎이며, 그림자다. 이러한 생각은 최근 내가 관심을 가지
　　고 있는 중세 신비주의 신학자 마이스터 에크하르트의 범재신론
　　(汎在神論)에 연결되어 있다.

　　중세 독일의 도미니크회 수도원장이었던 마이스터 에크하르트는
모든 존재가 신성을 지니고 있다는 주장을 피력하였다. 이는 신성을
지닌 하느님이 저 멀리 천상에 계시고 지상의 피조물은 그의 뜻에 따
라 존재하며, 기도와 절제와 헌신으로 신의 뜻을 구현해야 한다고 가
르치던 당시 교회의 태도와 어긋나는 주장이었다. 나는 인간을 비롯
한 모든 피조물은 하느님의 출산의 결과물이므로 당연히 하느님과
동일한 신성을 나누어 지닌다고 주장하는 이 신학자의 말에 공감한
다. 생명 존재의 귀함과 중함과 위엄과 품격과 사랑스러움과 애틋함
은 모두 이러한 신성의 작용과 연관이 있다. 나의 이러한 생각은 이
시집으로 수상하게 된 편운문학상 수상 소감에서도 밝힌 바 있다.

불교에서는 모든 생명 존재에 불성(佛性)이 있다고 가르친다. 그런데 스님이 불자(佛子)에게 "성불(成佛)하십시오" 하고 인사하는 것을 보면 앞뒤가 맞지 않는다는 생각이 든다. 부처에게 부처 되라고 하는 말이니 모순이 아닌가. 신성이건 불성이건 모든 존재는 눈에 보이는 현상적 모습을 넘어서는 초월적 실체를 지니고 있다. 나의 시는 이 초월적 실체의 숨은 모습을 밝혀내어 형상화하려는 노력이다. 그렇다 해서 고대적 애니미즘의 정령 숭배 사상에 몰입하는 것은 아니다. 다만 눈에 보이지 않는 영적 세계를 찾아 느끼고 그 신비를 언어로 표현하고 싶을 따름이다.

이즈음 동물을 소재로 한 시를 써 모아 한 권의 시집으로 엮었다. 최근 발간한 시집 『저 눈빛, 헛것을 만난』(현대시학, 2020)에는 '동물시집'이라는 부제가 붙어 있다. 여기 수록된 시들은 동물을 소재로 한 것이기는 하지만 동물의 형태나 생태 묘사에 초점을 맞춘 시는 아니다. 동물에 빗댄 표현으로 인간의 내면을 그려내는 것이 주된 의도다. 시의 소재가 된 동물들은 존재의 고독과 인내, 명상과 초월에 관한 묘사, 그리움과 사랑의 기억과 회상에 관한 형상화의 수단일 따름이다. 나 자신의 내면을 고백하고 정화하는 수단으로 동물이라는 소재를 끌어와 은유화하기도 했고, 동물을 통한 초월적·영적 교감에 관한 시를 쓰기도 했고, 동물에 빗대어 인간의 위선과 이기심과 추악함을 풍자한 우화시를 쓰기도 했고, 생태시나 환경시의 범주에 들 만한 시를 쓰기도 했다. 이 시들은 존재와 생명의 근원에 대한 형이상학적 성찰이 중심이지만, 관념의 진술이 아닌 감각적 형상화라는 점에서 심미적 이성에 기반을 둔 것이라 할 수 있다. 이 시집의 뒷부분에는 세태풍자적인 경향을 띤 시들이 포함되어 있기도 하지만, 수록 작품의 일관된 주조저음은 존재의 실존적 운명과 생명 현상의 신비한 영적 교섭에 대한 응시와 관찰이라 할 수 있다.

나는 나이 들어 인생을 관조한다는 시인을 이해할 수 없다. 한가하게 관조하기에는 주어진 시간이 너무 짧다. 죽는 날까지 문학적 창조의 고통 속에서 헤매야 할 것이고, 그래야 후회가 적을 것이다.

나의 문학, 나의 인생